Moral de señores

Moral de señores

Eduardo Gutiérrez

www.librosenred.com

Dirección General: Marcelo Perazolo
Diseño de cubierta: Daniela Ferrán
Diagramación de interiores: Julieta L. Mariatti
Ilustraciones: Julián de Narváez y Carlos Vacca Ramos.
Ilustración de portada: Bartolomeo Pinelli. "Vidas Paralelas" de
Plutarco. Ed. Joaquin Gil – Buenos Aires 1944, pags.432-433

Primera edición en español - Impresión bajo demanda
© LibrosEnRed, 2012
Una marca registrada de Amertown International S.A.
ISBN:978-1-59754-769-7
Para encargar más copias de este libro o conocer otros libros
de esta colección visite www.librosenred.com

Siete años

Timur El Tigre, Inkosi El León, Kra El Mandril, Chag El Caribú, y otros de esa serie fueron los primeros libros que Oscar leyó. Su padre, un excéntrico anarquista que se dio mañas para luchar en la guerra española, se los traía una vez advirtió que el chico era capaz de leer de corrido y que le gustaba. No era raro, desde los cuatro años, su mamá, quien había sido profesora, le inculcó el afecto por los libros leyéndole los cuentos clásicos de Andersen, de Grimm, los maravillosos de La Alhambra y algo de las Mil y Una Noches, despojándole —claro- de su ingrediente sexual, para no inquietar al niño con ideas difíciles de explicar. La biblioteca de su casa estaba bien dotada con lo mejor de la literatura europea, en versión castellana- pues sus progenitores no leían sino el español - y con cosas muy buenas de lo colombiano y lo latinoamericano. Ahí estaban las novelas de Tomás Carrasquilla, Rivera, Isaacs, Caballero Calderón, Cepeda Samudio, los buenos poetas que sabemos, Rómulo Gallegos, Sarmiento, Zorrilla de San Martín, algunos gringos tremendos como Steinbeck, Poe, O Henry, etc., en fin, cosas buenas para el cuerpo y el alma, pero, como en ella guardaba el buen padre la literatura libertaria,que le había dado su formación,en la que campeaban Malatesta, Nido, Thoreau e incluso los más tiesos del género, la madre, quien era una conservadora vergonzante, prefería que al niño no le cayeran encima, de pronto, esas un tanto sólidas ideas si, por su cuenta, se ponía a escarbar en la biblioteca y que, más bien, gracias a su corta edad, se le consiguieran lecturas apropiadas a sus años. Roberto, que así se llamaba el padre de Oscar, optó por la interesante colección de "Vidas de Animales Salvajes" que más inocente no podía ser y así evitaba conflictos con su amada consorte. Con el niño dicha serie tuvo un éxito total. Los libritos muy bien editados, con pasta dura, letra no muy grande e ilustraciones de primera, le mostraron una bella imagen de los animales que actuaban como seres pensantes capaces de hablar pero, respetando lo propio de sus respectivas especies. Tal vez, para hacer más llamativo el texto, el narrador le dio un talante heroico. Cada animal era el de mayor tamaño entre sus congéneres, noble y magnánimo, con aquellas virtudes que ojalá tuvieran los hombres y un deseo de triunfar en sus propósitos naturales dentro de los cuales, uno de los más importantes, era la defensa de la familia. Todo eso encantó al pequeño quien, curioso como todo niño, esperaba ansioso la llegada del padre para ver si le traía los cuentos que tanto le gustaban y así, conocer más de esos animales a los que aprendió a amar y admirar.

Era notable en "Las Vidas de Animales Salvajes" que, no sólo eran heroicos los animales formidables tales como el león, el tigre, el lobo, etc., sino que, aun, aquellos humildes y hasta frágiles como era el caso del castor, se revestían de cualidades más propias de guerreros que de industriosos trabajadores. En todos ellos la característica primordial era el valor, acompañada de prudencia y sabiduría, en suma, poseían las condiciones que Platón vería bien en un buen gobernante y aquellas que, los romanos de los primeros tiempos de la república, pedían a sus cónsules. Podría decirse que esas lecturas iniciales fueron un patrón moral para el niño que, Roberto, nunca sospechó que existiera, obnubilado por los aspectos aparentes que se relacionaban con el logro de una buena ilustración en zoología y sobre todo, de divertir al niño con aquello que tanto le gustó. Al lado de la colección de animales entraron los cuentos de Calleja que le trajeron, de manera resumida, los que, en su forma original, le leyera Elisa, la mamá, por eso no le gustaron y los famosos pequeños ejemplares pasaron por sus manos sin que le atrajeran. Como su casa quedaba cerca de la Biblioteca Nacional, año 1952, y esta benemérita institución tenía una excelente sección infantil, que regentaba una bondadosa señora santandereana quien le prestaba a Oscar los libros de su agrado, pudo llegar a los nueve años habiendo leído bastante de mitología griega y romana y de contera: La Ilíada, La Odisea, La Eneida y en otros campos, El Tesoro de La Juventud. Allí encontró que algunos fabulistas como Samaniego y La Fontaine usaban, de manera más bien burda, muy inferior a la graciosa naturalidad del narrador de las vidas salvajes, para dar consejos, a los animales a los que frecuentemente ridiculizaban. Después, se topó con un famoso colombiano que usaba de las mismas artes: Rafael Pombo, de quien, por tal razón, pese a que en el colegio se lo recomendaban entusiásticamente, no se aficionó.

En lo demás,Oscar, fue un niño del común, regular estudiante, no muy indisciplinado, querido por sus padres, con pocos pero innecesarios amigos y apegado a sus libros que iba atesorando,no siempre valiéndose de métodos santos pues, en la Nacional, a veces, al lado de uno prestado, se llevaba otro que no devolvía y así, cuando terminó sus estudios de primaria, contaba con una biblioteca de unos 90 volúmenes, más grande que la que tuviera un noble culto de la baja edad media.

Estudió la enseñanza primaria en colegios de laicos no muy apegados a los asuntos religiosos y como su madre, aunque católica practicante, no insistía mucho en el tema, fue creciendo un poco a lo libre pensador para quien La Biblia, sobre todo El Antiguo Testamento, era una señalada novela épica más. Cuando cumplió 10 años, aún no había comulgado por primera vez y esto no inquietaba a la madre pues, ella, pensando hacerlo estudiar el bachillerato en un colegio de sacerdotes contaba con que, allí, lo orientarían en la fe de sus mayores, bueno, los mayores de la mamá porque los abuelos paternos eran unos radicales de viejo cuño en donde los hombres eran masones muy alejados de La Iglesia.

...esta benemérita institución tenía una excelente sección infantil, que regentaba una bondadosa santandereana quien le prestaba a Oscar los libros de su agrado...

DIEZ AÑOS

-¡No joda! me fregaron la nariz.

No fue tan grave —dijo Enrique- vaya échese agua en la frente y verá que deja de sangrar.-

El balonazo recibido fue el fruto de una cierta falta de coordinación que aquejaba a Oscar para jugar en equipo.

Así comenzó su alejamiento de los deportes de conjunto. Con una gran dificultad para acomodar sus movimientos a los de un equipo, era torpe jugando baloncesto, voleibol o fútbol y por ello llegó a interesarse más en los deportes individuales tales como, el atletismo, la esgrima, la natación, etc., en algunos de los cuales descollaría más tarde, inclusive, alcanzando triunfos en el plano suramericano.

Tal y como la madre se lo había propuesto, Oscar, entró a estudiar en lo que su padre llamaba, con resignación: un colegio de curas. Este era de los más prestigiosos de Bogotá y sus profesores clérigos trataron de influenciar al niño con las ideas religiosas. Hizo, sin ningún bombo la primera comunión y no volvió a participar de la eucaristía porque un librito que su padre le prestara: Las Ruinas de Palmira del Conde de Volney, le había vuelto agnóstico. A Enrique, a Alfonso y a Luis se acercó más que a los demás condiscípulos y, sin llegar a formar pandilla, aunque algunos de sus actos los harían merecedores de la denominación, sí se hicieron inseparables porque compartían algunos gustos básicos: con excepción de Luis, a todos les parecía indispensable leer, leer mucho,

Eduardo Gutiérrez

ávidamente y buena literatura; aquella consagrada por la crítica y sobre todo, la que era bien vista por sus cultos padres (los de Oscar y Alfonso, ya que el de Luis era un fiero Coronel de infantería que solo leía reglamentos castrenses y el de Enrique, había fallecido en un episodio de violencia política estando su madre, agobiada por la pobreza – aunque inteligente – imposibilitada de leer por la falta de tiempo que le producía la dura lucha por la vida) en esos padres, los de Oscar y Alfonso, creían aunque nunca lo dijeran. Su buen gusto se evidenció al interesarles ese tipo de libros, así, preferían Dumas a Xavier de Montespin y Voltaire a Escrivá de Balaguer. A todos les gustaba el ejercicio físico, vigorosamente realizado y a veces, acompañado de peligro.

Oscar, Alfonso y Enrique eran liberales- en el sentido de que eran favorables a la libertad; la política les parecía interesante como objeto de estudio, pero, no para ejercerla. Los cuatro compartían el criterio de que tal actividad requería suma honradez, valor y caridad, siendo la primera y tercera de estas virtudes, en esos momentos, no muy cercanas a sus corazones.

Luis era devoto creyente y precisamente, a los demás, por sus talantes abiertos, eso no les importó, máxime, si se considera que Luis era insustituible porque, además de ser físicamente el más fuerte de los cuatro, era el profesor de boxeo, disciplina esta muy indispensable para la defensa del grupo, frecuentemente amenazado por ignorantes envidiosos. Oscar, Alfonso y Enrique poseían sentido del humor suficiente como para ver la parte cómica de sí mismos y la de sus profesores y compañeros, embarcándose por tal disposición, frecuentemente, en situaciones comprometedoras. Enrique era el más inteligente de los cuatro, brillante, tal vez un genio; con el tiempo llegaría a ser ingeniero de diseño en La Nasa. También era muy fuerte, tenía muchas lecturas entre oreja y oreja, dibujaba muy bien, talento que compartía con Oscar, con quien hacía competencias de pintura caricaturizando a los alumnos de su curso y de otros; era prudente y estudiante de lo mejor, nunca fue castigado por indisciplina a pesar de ser muy mamagallista. Nadie se explicaba como era que no le cabía el apelativo de solapado. Era más bien bajo para su edad, con un rostro de noble expresión y frente despejada.

Alfonso era un cínico chistoso; tal vez el que más libros había consumido, Le quedó de ellos un humor cáustico que hacía carcajear, como cuando se burlaba de su padre, a quien describía como un alcohólico deschavetado siendo que, era un señor muy compuesto y hasta elegante a quien, en una ocasión, vieron sus carnales juiciosamente sentado en la sala de su casa, leyendo el periódico del día y quien, amable y simpático, los saludó sin faltar en nada a las rigurosas normas de Carreño. Su rostro- el de Alfonso- era lo más parecido a las imágenes populares del diablo: un diablo guasón. Nariz aguileña, larga quijada que corría a encontrarse con la nariz, dolicocéfalo, peluqueado al rape, rubicundo y siempre con una sonrisa burlona, se ganaba el afecto de sus amigos por su inacabable jovialidad. Aceptable estudiante, gracias a su inteligencia, también brillante, se daba el lujo de sacar, a veces, pese al descuido que en sus deberes académicos ponía, muy buenas calificaciones.

Luis, era un chaparro atlético, no departía mucho con los demás porque se sentía extraño entre ese grupo cultivado que de lo que más hablaba era de literatura, historia y filosofía, pero, cuando de deportes se trataba, ahí sí daba su aporte con generosidad y relativo buen genio — era bastante cascarrabias- y como también, muy valiente, cuando se debía luchar contra grupos hostiles, escogía al enemigo más peligroso entre quienes los atacaran, midiéndose con él para salir siempre triunfante en hombros de sus compinches. A ellos los unía una sufrida admiración que no sentía por ningún otro grupo de condiscípulos. Gracias a su devoción sacaba notas aceptables aunque no era adulador con sus maestros. La inteligencia no era su fuerte, la reemplazaba con tesón y buena voluntad.

Oscar, admiraba a los otros por sus cualidades, era un buen diletante, más alto que los demás, menos inteligente que Enrique, menos fuerte que Luis, menos chistoso que Alfonso, pero, siendo menos apuesto que Luis y que Enrique les superó en una de esas lides que, llegando a los doce años, ganan para los jóvenes el respeto imperecedero de sus compañeros en aventura que más adelante se relatará.

El campo de riesgos del cuarteto de marras era todo su mundo circundante: el colegio, los alrededores del mismo y la ruta a sus casas, relativamente cerca unas de otras. Travesuras típicas eran: robarse el desayuno de los frailes, copioso yantar que consistía en una porción grande de pan, huevos, mantequilla, chocolate y jugos de frutas, acoso a los estudiantes mayores, de cuarto de bachillerato en adelante, que les parecían ridículos por usar traje completo y corbata. Asaltos al comisariato (tienda de comestibles para uso de los estudiantes del colegio) a través de un agujero practicado en la pared que daba a los bajos del teatro y de donde, amparados por la oscuridad, extraían tortas y frascos de kumis con los que calmaban el hambre canina que les producía su hiperactividad. Robaban sí y bastante, pues, también ponían en las tiendas de la región lo que se llamaba "conejo" que no era otra cosa que pedir y a la hora de pagar la cuenta: correr. Sin embargo, esos robos no eran comunes actos de abyección, tenían un fondo pedagógico muy importante, no obedecían a la escasez, porque sus padres les daban lo necesario, unos con más holgura que otros, y se iniciaron una vez que, tirados en la yerba de un parque cercano al colegio, Alfonso, les dijera: - Oigan pelmazos la voz de la razón ajena a ustedes por insalvable disposición de sus naturalezas. Nada gusta más al burgués comodón que la quietud, que cubre de telarañas el espíritu, de grasa sus barrigas y el distanciamiento del peligro que atrofia los músculos y endurece las articulaciones, si queremos ser grandes tenemos que imitar a los griegos. –¡Miércoles! ahora resulta que nos tendremos que volver del otro equipo, porque según he visto, en la Ilíada y en otras lecturas, los helenos tenían tendencias homosexuales– dijo Oscar (tomando del pelo porque sabía la verdad de los griegos y los admiraba mucho) –no hombre, no todos– replicó Enrique,- sí tenían sus deslices, pero, esto era socialmente mal visto, busquen las palabras de Sócrates. - ¡Silencio! - exigió Alfonso – que yo estoy hablando es de la grandeza y no de las pendejadas sexuales, los griegos, apreciados animales, me refiero a ustedes no a ellos, educaban a sus chinos en las más duras pruebas; en el colegio de párvulos, más o menos los de nuestras edades, iban a un férreo internado en donde se les ponía a hacer deporte, ejercicios militares y no se les daba comida, a los chatos les tocaba robarla y si los cogían, los castigaban con unas garroteras terribles, así, pues, había que ser astutos, audaces y hábiles, condiciones claves en un buen soldado e indispensables para los ciudadanos de una nación en guerra. –Uuy –dijo Luis– no, mi hermano, yo no me voy a volver ladrón por cuenta de eso que Enrique llama la paideia, si quieren yo hasta les sirvo de vigía y si toca pelear los defiendo, pero, no más. Bueno, mi buen Bazaine –dijo Alfonso– cuida, entonces, la retaguardia y disfruta de los manjares, cuando los traigamos. Así quedó decidida la empresa de "conejear", robar, en las tiendas del barrio.

La pre adolescencia, incierto camino por el que los niños discurren entre los diez y los trece años, no está ni mucho menos ajena al reclamo del sexo,pese a lo que ciertos psicólogos afirman en el sentido de que,en la adolescencia, es en el período en el que aparece el fuerte despertar de la libido y el cuarteto, sumido en las nieblas de ese episodio de la vida, no era ni mucho menos ajeno a sus exigencias, sobre todo, si se sabe que eran muchachos sanos y enérgicos. Bueno, Alfonso no era tan enérgico, la pereza a veces se lo llevaba, pero, en ese campo era bastante mosca. Las conversaciones siempre destinaban un tiempo importante a discurrir sobre el tema sexual; en el colegio, clandestinamente, circulaba una revista de tal orientación: ¡La revista Luz! que, aunque no sabían dónde la vendían siempre llegaba a sus manos, facilitada por quienes la habían conseguido y la leían y comentaban. Y como a la teoría debe ir unida la praxis, del tiempo dedicado a sus acciones, a las que se entregaban después de las 4:30 p.m., a la salida de las clases, bastante se empleaba en seducir o mejor, tratar de seducir sirvientillas, no niñas de colegio pues, estas, eran poco menos que inalcanzables ya que aún no había llegado la tan necesaria liberación sexual, sin mucho éxito a decir verdad, pero, con empeño, con bastante empeño. Los desvelos en este espinoso campo los llevaron a inventarse un supuesto periódico escolar del que Enrique, Alfonso y Oscar eran los reporteros. Nuevamente, el honrado de Luis, enterado del engaño al que iban a ser sometidas las damas de los alrededores, debió de ser llevado casi a rastras a la misión para que no descompletara una de las parejas, porque, en periodismo,dos son un equipo indispensable, uno es un inútil y tres, tres son ya una multitud inmanejable. La metodología no era tan sencilla, había que tocar a la puerta de la casa elegida, si quien la abría era una mujer, generalmente la llamada "muchacha" o la señora de la casa, si era joven, agraciada y por lo tanto apetecible, había que echar un cuento acorde con la personalidad del objetivo, lo cual requería inventiva y agilidad mental. La idea general era que, representaban al periódico La Cigarra del colegio de la esquina y que estaban haciendo una encuesta sobre los hábitos alimenticios y de estudios de los vecinos o sobre los estilos decorativos de las viviendas. Si la casa estaba casi sola y si el anzuelo era mordido, se practicaba una entrevista en la cual, a poco andar, se hacía referencia a las costumbres íntimas de las parejas que vivieran allí o algo parecido y, si se rompía el hielo, se pasaba a las proposiciones. Las más de las veces el resultado fue: despedidas benévolas, a veces el obsequio de un helado casero, las menos, el premio anhelado y algunas otras una airada repulsa acompañada de la amenaza de quejarse al colegio. Milagrosamente las quejas nunca llegaron y el sistema fue cancelado porque la materia disponible se agotó y el peligro era excesivo ante la presencia de señores alerta, en caso de repetición.

Sin tener nada que ver con lo anterior, a Oscar, le sucedió algo que estaba entre la ventura y el prodigio. El tiempo de la tarde, a la salida del colegio lo repartía, junto con sus amigos, además de lo ya hablado, entre las prácticas gimnásticas, el salto de las cercas de ante jardines, generalmente dotadas de rejas metálicas con púas de entre un metro con veinte centímetros y un metro treinta de altura,lo que las hacía bastante difíciles de salvar por chicos que estaban entre los ciento cuarenta y los ciento cincuenta centímetros de estatura ; treparse a muros de cierre de lotes y lanzarse desde allí para fortalecer las piernas, pelear con muchachos de grupos rivales para practicar el boxeo aprendido, etc.,después, entre las 6 y las 6:30 de la tarde, se dirigían a sus casas llevando, en ciertas ocasiones, de trofeo, un ojo morado.

Como entre el colegio y la casa de Oscar había una calle que marcaba un recto trazado de 17 cuadras y a lo largo de ella se iban quedando Alfonso, Enrique y Luis, marcando hacia sus casas pequeñas desviaciones a cada lado de su ruta, pues, buena parte del retorno lo hacía acompañado. Primero se quedaba Alfonso, luego, Enrique y por último Luis ya que Oscar era quien más lejos vivía. Cerca al punto donde se apartaba Luis, había una extraña casa, muy angosta, de no más de tres metros de anchura, pintada de gris y con tres plantas a cuya puerta encontró parada, una tarde, una mujer. Vestía un traje azul claro, con falda hasta la mitad de la pantorrilla, ajustado al cuerpo, peinado alto con moña que la hacía ver como si tuviera el cabello muy corto, blanca, de ojos castaños y con una belleza comparable a la de la heroína de Casablanca, la casta belleza sueca que parecía no poder romper un plato y esa preciosidad, instalada en un barrio modesto, tenía algo de incongruente.

En su mistificada cultura, a Oscar, le parecía imposible que una bella mujer no viviera en una estancia lujosa y menos, que no estuviera acompañada de un hombre que la mimara y que la protegiera. Bueno, esa dama a quien le calculó unos treinta años de edad, quien fue observada por el gallito minuciosamente al pasar, lo miró con simpatía y ¡le habló! : —Oye, pareces andar soñando- la frenada que dio Oscar al oír la voz dirigiéndose a él fue brusca, se le cayó uno de los libros que llevaba y musitó: -Gracias, no me había dado cuenta. - ¿Quieres entrar a tomar algo y charlamos? — Bueno, dijo Oscar, sin importarle que su mamá lo estaría esperando y que, si no llegaba antes de las siete, lo regañaría. A veces, cuando se enfrentaba con una persona que le producía respeto o temor, casi perdía el habla, pero, en esta oportunidad como los sentimientos que le causó su interlocutora eran otros, respondió más o menos desenvueltamente y la siguió sin vacilar hasta la segunda planta, por una estrecha escalera que partía del primer piso, en donde se encontraba la cocina. La sala estaba amueblada con un par de sillones cuyo color, estilo y comodidad, en ese momento, no advirtió y en ellos se sentaron y charlaron, más bien, Oscar respondió a un interrogatorio hecho por la mujer a través del cual ella conoció lo que él hacía, es decir,en qué curso y colegio estudiaba, donde vivía, etc. — Falta algo — le dijo — porque con lo que me cuentas no alcanzo a descifrar el por qué de esa profundidad en tu mirada, siempre vas distraído, como pensando, a ver, ¿en qué cavilabas ayer cuando pasaste por aquí?

— Ayer, claro, en los tres Enriques, porque de eso habíamos hablado con Alfonso y Enrique —dijo Oscar. —Tres Enriques ¿Cuáles? —Preguntó la mujer- Enrique de Navarra, Enrique de Guisa y Enrique de Lorena, los tres vivieron en Francia en el siglo XVI y fueron protagonistas de su época — la informó Oscar.- ¡Cómo! entonces ¿lees? doce años y ya sabiendo cosas de la historia de Francia… que interesante; cuéntamelo todo. — Los Enriques…, inició Oscar y siguió y siguió hasta cuando, mirando su reloj advirtió que eran más de las 8 de la noche. —Debo irme -le dijo- o tendré problemas. -bueno,-

vete- contestó la mujer,- pero, vienes mañana más temprano y me sigues contando, dime ¿Qué te gusta? y te prepararé una buena merienda – Todo- respondió Oscar y estrechándole la mano se despidió y se fue. La mamá lo reprendió, lo interrogó, lo envió donde su padre para más de eso y a todo respondió Oscar, tranquilamente, que se había demorado en casa de Enrique, charlando con su mamá.

...la frenada que dio Oscar al oir la voz dirigiéndose a él fue brusca...

Al otro día, los amigos, advirtieron que Oscar ya no participaba, al salir del colegio, de las actividades habituales, que se mostraba reservado y que, tan pronto sonaba la campana, abandonaba, más que de prisa, el colegio y salía con rumbo a su casa, sin esperarlos y sin comentarles nada.

Decidieron, unos días después, cuando la extraña conducta los alarmó, comisionar a Luis para que siguiera a Oscar y les informara de sus andanzas. El reporte, aunque dado lacónicamente, fue muy interesante: –A Oscar lo esperaba una vieja, grande y muy, muy bonita, que lo introducía en su casa y que ¡lo saludaba de beso!– .

Al día siguiente no le dieron cuartel, una vez terminado el rosario, que el colegio reunido rezaba en la capilla todos los inicios de las mañanas, se le fueron encima y se retardaron en el ingreso a la clase del profesor Santaella, anciano y cascarrabias maestro quien les daba la materia de castellano, preguntándole por los detalles. Oscar les dijo: –Esperen, en el recreo les cuento más– y en el descanso, después de la primera clase, les dijo–: Es una amiga que conocí hace poco, a la que le gusta la literatura y la historia, hasta ahora, sólo nos dedicamos a hablar de eso y yo, también, a comer, porque me tiene unos refrigerios deliciosos, pero yo se que, más adelante, algo mejor va a suceder–. Los amigos lo felicitaron por su buena suerte y le hicieron prometer que los tendría informados eximiéndolo de sus deberes extracurriculares con el grupo. Así pasaron los días y cuando ya llevaban Oscar y su amiga, dos semanas de charla sustanciosa, la mujer varió el menú de la merienda, le ofreció una copita de vino y le dijo: - Cuéntame de tus experiencias sexuales – Oscar, encantado por lo que veía venir, fue sincero, le habló de una o dos aventuras logradas con el trabajo reporteril o con la seducción a campo traviesa y algo con las muchachas del servicio de su casa a quien la mamá no siempre conseguía tan horribles. – No está mal –dijo la dama de sus sueños – para un chico tan joven, pero, como advierto en ello una falta de refinamiento, hoy vamos a iniciar el aprendizaje en lo que verdaderamente es importante - y lo llevó al tercer piso en donde tenía su alcoba, razonablemente cómoda y con lo necesario.

Las delicias de las que allí empezó a disfrutar Oscar serían una mezcla del Kamasutra y las suavidades de Henry Miller. La dama era tierna, muy concienzuda, apasionada y sin las perversiones que pudiera reprocharle un bastante zanahorio muchacho de la Bogotá del medio siglo. Pero, como en la naturaleza toda acción va seguida de su reacción, el joven Oscar, acuerpadillo él, empezó a perder peso ante la preocupada mirada de su madre, quien, dispuso que se le aumentara la ración de comida y hasta lo llevó al médico de la familia para que lo examinara. El galeno, viejo zorro y amigo de confianza, puso en confesión a Oscar y a la preocupada Elisa le dijo sonriendo: - No te preocupes es que el muchacho está creciendo- . Como por ese lado todo salió bien, el galancillo continuó con lo suyo mientras sus amigos se consolaban de su ausencia leyendo a los autores que Oscar les había recomendado: Bernard Shaw y Jardiel Poncela. Con ellos se divirtieron tanto que al menos dejaron a Oscar tranquilo y no lo espiaron más.

Ah, pero en la soledad, a veces, es en donde se sufren los peores dolores. Oscar quien no cabía en sí de la dicha, se dirigía, unos dos meses después de comenzado todo, a la cita de la que no se había privado sino los domingos porque, éstos tenía que pasarlos en familia y le quedaba difícil escabullirse, sobre todo, porque el padre arrastraba con la tribu fuera de la ciudad a disfrutar del calor de los veraneaderos cercanos a la capital. La dama se mostraba puntualísima e igualmente incansable y su protegido ni se imaginaba que le fuera a fallar. Desde lejos advirtió una anomalía: su Eva no estaba en la puerta de la casa como de costumbre; muy inquieto se acercó a ella y golpeó con el aldabón y nadie respondió. Repiqueteó tanto y tan fuerte que la vecina de al lado salió a ver qué pasaba y le dijo al del ruido: - joven, ¿Es usted el amigo de Diana quien la visita con frecuencia?- ¡claro!, ya lo sabe porque me ha visto (y se sorprendió ya que hasta este momento Diana nunca le había dicho que se llamaba así, ni de ninguna otra manera y él jamás le preguntó su nombre dirigiéndose a ella con el apelativo poco original de "linda") – sí, verdad, perdóneme, es que estaba un poco molesta con el escándalo, vea, ella empacó, anoche, como a la una de la madrugada, todas sus cosas en un camión y se fue, por cierto que también nos despertó con la movida del trasteo- Y…¿no me dejó alguna razón o carta? – No señor, lo siento-

Fue Oscar a donde el vecino del otro lado de la casa y al de en frente y todos le dieron informaciones parecidas. Desesperado, dio una patada a la puerta de la que había sido la casa de Diana y llorando se marchó. Al otro día sus amigos lo vieron como más serio, como más viejo, como con autoridad y cuando se informaron de lo pasado le dieron comprensión, camaradería y el mando del grupo compartido con el líder original: Enrique.

La vida siguió su curso normal, si se puede llamar así a la de unos jóvenes colombianos que se interesaban tan vivamente por la cultura física, intelectual y moral en un país en donde los muchachos muy poco se aficionan a la lectura, muy poco al deporte o al ejercicio físico sano y menos se interesan en los valores de la cultura occidental, porque, ni en sus casas ni en sus colegios se menciona eso. Una vez en el parque, donde habitualmente se reunían, al medio día, después de la jornada de clases de los sábados, hicieron el siguiente análisis:

–Todos hemos leído las obras de Dumas, de Salgari y de Verne, y de ellos hemos hablado mucho, comentando lo pintoresco de sus aventuras pero ¿qué? ¿Cuál es el saldo que nos dejaron? ¡porque en lo asombroso no puede quedar todo eso! A ver ¿quién propone algo para revisar? –dijo Enrique.

–Yo veo algo muy importante que es su satisfacción sexual, tanto el Tigre de la Malasia, como los mosqueteros y los personajes de Verne, tenían sus hembritas con las que echaban los debidos polvillos, porque, sin eso, no se puede funcionar – dijo Alfonso y se rió socarronamente, evitando lo trascendental que se estaba poniendo la cuestión.

—De acuerdo —apuntó Oscar—. Pero, no freguéis Alfonso con tu mamadera de gallo; para el hombre de acción, el armónico desempeño de su sexualidad es fuente de equilibrio y felicidad, sin embargo, vean lo que me pasó a mí, mientras estuve dedicado al amor por Diana descuidé aun más mis estudios y lo peor abandoné las jornadas de entrenamiento y de reflexión sobre temas interesantes; algo similar no le sucedió ni a D'Artagnan ni a Fineas Fog ni al Corsario Negro, ellos siempre fueron fieles a su deber. Veamos, entonces, las cualidades de esos tipos.

—Valor, honor, gentileza y gran habilidad en lo que hacían eran comunes en los personajes de estos grandes novelistas, los de Dumas y Salgari más orientados al combate y los de Verne más cerca de la aventura incruenta o de la ciencia, pero, todos eran valientes, honorables hábiles y gentiles y siempre pusieron el honor, que es como el sinónimo del deber, por encima de la satisfacción sexual y lo mismo sobre la que a otros placeres se refiere como los de la buena mesa, el descanso, el buen vestir o los que en este momento no se me ocurren- dijo Enrique.

-Claro, que se le van a ocurrir, si Enrique es más pobre que un ratón de campanario, para pasarla chévere hay que tener billete y eso es igual para todo lo que nombró como para disfrutar de la buena música, de los buenos libros, que Quique vive robándonos, de un buen carrito, un yatecito, etc., la virtud está, creo, dijo Alfonso, momentáneamente serio, en que el rico se prive de lo que le estorba y en el pobre, que no desee lo que falta no le hace y que le dificulte el ejercicio de su honor y a ver si Enrique me devuelve La Fuente Sagrada de Chichen Itzá, que tomó prestado hace tres meses.

-Bravo, Alfonsito, Bravo, usted siempre sale con buenas vainas, aun así, no hemos avanzado del diagnóstico superficial, me parece que lo clave aquí es saber si ser valiente, honorable, hábil y gentil es bueno o no y por qué –dijo Oscar- redondee Enrique.

-No, eso es un tema muy largo y no podemos pasarnos la tarde hablando; hay que ir a las barras del gimnasio, que no visitamos desde hace tiempo, allí nos está esperando Luis, sólo diré esto sobre el valor: el hombre, como la cucaracha, el ratón y otros seres débiles vive cercado por el miedo ya que también es muy frágil, recuerden que en La Iliada se menciona repetidamente que ,la piel, aun la de los semidioses, es muy fácil de cortar. Somos muy fáciles de herir, y el miedo, a pesar de la civilización y de la vigencia de la ley, está siempre presente porque es común el ser agredido y casi cualquier cosa que intentemos hacer es fuente potencial de dolor: el deporte, las frustraciones del estudio y del amor, un simple paseo dominical, etc., entonces, se requiere del valor para vivir con dignidad, para mantener la frente en alto y para dejarle un espacio a la esperanza y por supuesto, para rechazar la amenaza injusta y castigar al bellaco, para hacer lo que no gusta pero que es necesario. Viva el valor y vámonos.- ¡Viva! - dijeron.

De ese, a veces elevado e ingenuo talante, eran las conversaciones del grupo de amigos, claro, no expresadas en la forma políticamente correcta como la narra el pudoroso biógrafo; estos chicos eran muy groseros, las palabrotas salpimentaban las ideas que los impresionaban y conmovían y sólo se diferenciaban de las de los más pertinaces gamines en que las de ellos eran más variadas y a veces expresadas en otros idiomas.

Algún día dirimieron lo que pensaban sobre el honor y la gentileza y casi le dedicaron un año a ver lo de Las Vidas Paralelas de Plutarco, el Utilitarismo de Bentham, La Summa Teológica de Santo Tomás y El Capital de Marx. No dejaron por eso de ir a cine, otro de sus placeres favoritos y de disfrutar de las pocas películas que, en sus días, presentaban de Harold LLoyd o Chaplin; les parecían muy imbéciles Los tres

Chiflados, pero, aplaudían El Gordo y El Flaco y uno de sus favoritos era Alec Guinness. Entre los héroes serios, la mayoría, prefería a Gary Cooper y a Humphrey Bogart. Y leían y leían, pasaron por Dostoievsky, Mann, Zweig, Maurois, Mauriac, Gide, Wilde, Shakespeare, Don Tomás Rueda Vargas, las obras de Horacio Rodríguez Plata y Otero D'Costa, Cervantes y en fin,no se privaron de lo bueno que estuvo a su alcance. De pronto, uno de ellos, descubría a Karel Kapec o a Constant Virgil Gheorghiu, o a Barbusse. Sólo a Alfonso le gustó Kafka a pesar de que, unánimemente, los otros dos, se lo calificaron de pendejo y patético. Amaron las obras de Bruno Traven,todas, y las novelas de algunos colombianos, bueno, por ahí habían pasado hacía mucho tiempo y las recordaban con nostálgico afecto y no eran muchas. Leyeron la historia universal en autores como Cantú, Jacques Pirenne, Mommsen, Gibbon y cosas de filosofía.

Estos muchachos tienen ya trece años y les ha llegado la hora de tomar decisiones porque o siguen sus estudios de bachillerato en el colegio para después,en la universidad, pretender carreras liberales o se van detrás de lo mismo que atraía a Don Quijote: la aventura y el peligro y como también había que pensar en el poder y en el poder dentro de la legalidad, pues, era el momento de entrar a la carrera de las armas y la que más cerca tenían era la de la escuela de cadetes del Ejército, que reclutaba alumnos para hacer el cuarto de bachillerato al mismo tiempo que el entrenamiento militar, había pues que pensar en cuestiones capitales. El fruto de los debates que siguieron los llevó, casi por unanimidad, a decidirse por esa institución, solo Alfonso defeccionó porque, según dijo, tenía una tía rica que vivía en Nueva York, próxima a estirar la pata y él confiaba en que, siendo el sobrino favorito, le dejaría un legado de manera que, para qué ir a bañarse con agua fría y entregarse a otras amenidades a las que son tan dados los militares. —Lástima- dijeron los otros - que te pierdas el corte de cabello que ya tenías listo, pelón desgraciado- y rieron mucho y también se entristecieron, imaginando lo que les faltaría al no llevar a filas a ese entrañable bufón.

Para Oscar el asunto no fue fácil. Su padre detestaba la idea de lo militar a la que asociaba con las huestes fascistas, con represión y en general con falta de libertad, además de que, como había creado una fábrica de dulces, gracias a sus estudios de química, hechos en México, quería que su hijo le ayudara en sus labores y después, se encargara de la factoría. Por otra parte, la madre, temía mucho la amenaza que significaban unos bandoleros que, si bien, no estaban ni ideológica ni administrativamente bien organizados ni recibían ayuda del exterior, sí eran muy peligrosos y mataban a muchos soldados como se enteraba a través de la radio y de los periódicos. En 1958 merodeaban en los campos de Colombia abundantes malhechores,algunos con nombres exóticos que los describían, como : Sangre Negra, Chispas, Charro Negro, Paticortico y otros como el muy temido Efraín González, de quien decían que era invencible ya que tenía pacto con el diablo.

Como no pudo convencer a sus progenitores habló con una hermana de su padre, muy simpática y medio chiflada, quien le tenía aprecio y le comentó de sus deseos. Ella, poseedora de bienes de fortuna abundantes, le dio todo su apoyo diciéndole–: Claro mijito, si a usted le debe quedar muy bien el uniforme.- Fungió como su acudiente, pagó el equipo y la fianza que había que constituir para evitar que los cadetes decidieran fácilmente retirarse de la escuela, en fin, hizo lo necesario y lo ayudó a vincularse a la milicia. Después, sus padres, ante el hecho cumplido aceptaron la situación, le devolvieron a la tía el dinero gastado en la empresa de militarizar al muchacho y apoyaron al nuevo cadete, sin reservas.

Luis no tuvo dificultades para entrar a la escuela militar, hijo de un Coronel del Ejército, su ingreso fue muy fácil, pero, para Enrique el asunto también se puso un poco color de hormiga porque ,su madre, viuda de un perseguido de la violencia, se ganaba la vida como costurera en su modesta casa de la calle 51 con carrera 16 y como sus ingresos no eran suficientes, pidió ayuda a la hermana mayor de Enrique, quien tenía una buena colocación como economista graduada y así fue como, "el combo", se pudo reunir para vestir los trajes propios de su nuevo estado.

Los meses fueron pasando en medio de penalidades y diversión sobre todo por las metidas de pata de Oscar a quien,el cambio de vida,le dio bastante duro ante la dificultad para consumir sus dosis habituales de lectura y se iba desquiciando un poco.

Al año siguiente, cuando ya eran cadetes de segundo curso, manejaban mucho mejor el entorno, volvieron a sus lecturas habituales y se reunían para charlar sobre diferentes temas. En ese momento no estaba Luis con ellos, había sido reprobado en sus estudios y repetía el cuarto de bachillerato con los reclutas del 60. En una de esas reuniones culturales, realizadas en los descansos de las noches, en la plaza de armas o en el casino de cadetes, Enrique le manifestó a Oscar sus dudas sobre la conveniencia de seguir la carrera de las armas, decía–: Pues sí, a mí me gusta esto y como has visto soy bastante hábil en los ejercicios militares y en los estudios de bachillerato me va muy bien. Pero, considero que tengo aptitudes matemáticas que, en un ejército subdesarrollado como éste, se desperdiciarían porque aquí no hay investigación científica y pasar mi vida en los rústicos campamentos como si fuera un soldado de las guerras de la independencia, sin que mis potencialidades se puedan realizar,me parece un desperdicio, casi un crimen conmigo mismo y con eso que a veces llamamos la sociedad.- Oscar no pudo menos que darle la razón y muy a su pesar, ante la inminencia de la pérdida del más apreciado de sus amigos, le dijo: - Solicita tu retiro, al fin, ya tienes tiempo para que te den la libreta militar. – No puedo hacer eso- dijo Enrique – porque me implicaría pagar la fianza que cobran por retiro prematuro de la escuela y mi mamá no tiene ese dinero- Entonces, no irás a desertar- le dijo Oscar- porque eso te colocaría en una condición de ilegal y no obtendrías la libreta, necesaria para entrar a la universidad- Claro, estoy vaciado- dijo Enrique- aunque he pensado en algo, es un poco peligroso- a ver, hable que ya me está inquietando- dijo Oscar.

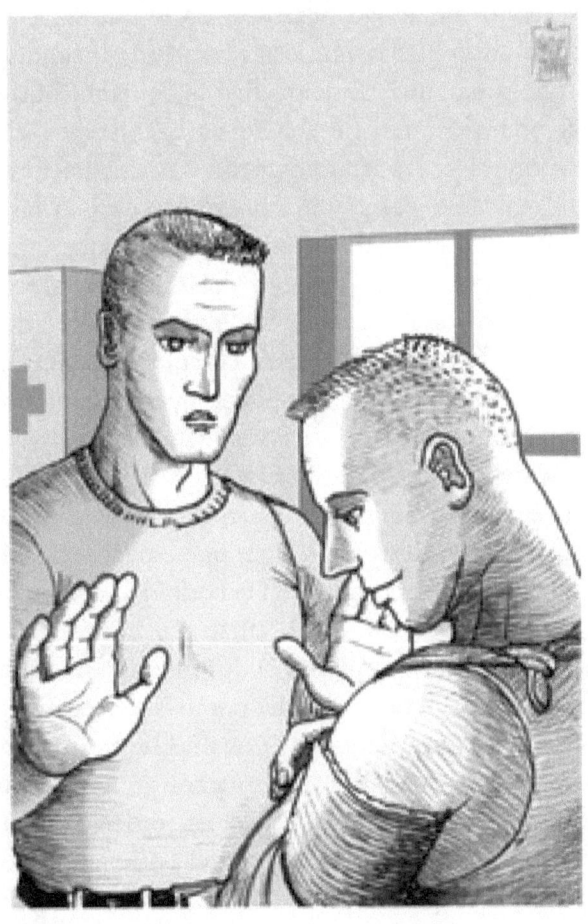

—*La próxima, las guacas, conmigo no cuente hermanito, yo no le jalo más a dármelas de verdugo.*

-Se trata de lo siguiente: Estuve leyendo bien la fundamentación legal de la permanencia en la escuela militar y encontré que, la manera de salvarse de la fianza es cuando a uno lo retiran del servicio por un problema de salud que no pueda ser corregido por la sanidad militar. – Ah, por supuesto, usted va a simular que le salió una joroba y que no puede cargar el equipo- se mofó Oscar, no queriendo ni pensar en lo que se veía venir- Claro que no, don pelotas, necesito crear una invalidez real y requiero que me ayude- Bueno, diga la brillante idea- Fácil, en el texto de anatomía de cuarto de bachillerato encontré bastante sobre el comportamiento de las articulaciones, hay unas muy delicadas como son las de los codos o las de las rodillas y si estas se llegan a fracturar se produce una lesión irreversible porque el movimiento del miembro afectado se reduciría mucho y esa es una de las causales de abandono del servicio activo para un militar combatiente, inclusive, si logro que parezca un accidente hasta puede que me indemnicen y con eso pago mi entrada a la universidad ¿cómo la ve?- ¡mal! dígame qué debo hacer yo- dijo Oscar.

-Agarras el buen y sólido fusil mauser que la patria te dio para tu entrenamiento y en un lugar que escogeremos,libre de testigos, me das un fuerte golpe en el codo del brazo izquierdo y listos.- Sabroso y relamido discurso y ¿ cuándo le parece que deberemos realizar la proeza ?- durante un entrenamiento de esgrima de bayoneta en donde, como decía Portos, se ven grandes golpes.- o sea, dentro de dos días,lo veo más fácil así porque se podrá hacer delante de todos y con gran verosimilitud- dijo Enrique. Y cuando llegó el día, al ordenar el teniente instructor que formaran parejas para el entrenamiento en el cual se simularían golpes de bayoneta y de culata, Enrique y Oscar se colocaron frente a frente y en un momento del ejercicio, Oscar, le dio un muy contundente golpe a Enrique en su brazo izquierdo, pero, le fallaron los cálculos y no acertó en el codo sino en el músculo que recubre el húmero, al que fracturó limpiamente. A Enrique lo llevaron a la enfermería y el médico de turno, feliz, riéndose al examinarlo, dijo: la clásica fractura del torpe,¿ cómo es que no se retiró a tiempo?, le vamos a poner un yeso y en un mes, volverá a estar dándose de golpes con su también torpe compañero.

-Como de mala puntería ¿no?- le dijo a Oscar el enyesado- ahora sí va a ser difícil esta vaina porque en la próxima, de pronto sospechan.

-La próxima, las guacas, conmigo no cuente hermanito, yo no le jalo más a dármelas de verdugo.

-No, si no pensaba en usted, no me crea tan pendejo, la próxima me daría en la cabeza y me despacha al otro toldo. Lo siguiente será un tiro, un frío, impersonal y PRECISO proyectil.

-Ah, sabe que, acabo de acordarme que debo ir a la sastrería a reclamar mi capote, nos vemos –dijo Oscar , se fue y no se volvió a hablar más del asunto.

Enrique no fue a los ejercicios de campaña que estaban programados en el fuerte de Tolemaida y durante esos quince días se la pasó a lo grande leyendo en la biblioteca mientras los demás sudaban la gota.

Cuando le quitaron el yeso y Enrique se incorporó a sus tareas habituales, prestando el servicio de vigilancia en el casino de oficiales, se disparó un tiro en el dedo anular del pie izquierdo, del que había averiguado que no era tan útil para mantener el equilibrio. Se salvó de que lo acusaran de automutilación porque argumentó que su comandante de compañía, quien era un Capitán muy severo, y sí que lo era, iba a inspeccionar- al otro día - el aseo del armamento y él, por miedo a que no le fuera bien en la revisión, porque la humedad de la noche le haría perder brillo a su fusil, se puso a limpiarlo durante la guardia, se le salió un tiro y ya.

Bueno, a Enrique lo estimaba todo el mundo, le creyeron, le permitieron retirarse sin pagar la fianza, pero, no lo indemnizaron porque siempre quedaba la dudita. Se fue a Cali, estudió ingeniería electrónica en una universidad del estado, gratuita y después fue becado a Stanford para estudiar el doctorado en Física de los Grandes Cuerpos y terminó en la Nasa ganando mucho y sirviéndole a la sociedad. A Oscar le quedó, de todo eso, donada por Enrique, una bota de bronce, con el debido agujero, que el artista hizo fundir tomando como modelo para el vaciado la misma del dedicidio.

Oscar se quedó sin el apoyo intelectual del más sabio del grupo, pero, él ya había tomado vuelo con alas de águila caudal, como dicen en Luisa Fernanda. Se fue haciendo cada vez menos mal estudiante, a pesar de que detestaba casi todas las materias del programa de estudios,especialmente, porque sus profesores lo que pedían, para medir el nivel de excelencia alcanzado, eran evocaciones memorísticas, reproducciones absurdas de lo que estaba escrito en los libros de texto y nada de reflexión en torno a una idea para crear un nuevo concepto y así avanzar, nada de investigación. Había alcanzado, también, saludable firmeza en sus convicciones, esa que hace creer a quien la posee, que ninguna es totalmente confiable ni segura (Popper se hubiera sentido orgulloso si Oscar hubiera sido su alumno, ¡ja!). Oscar pensaba que, de las facultades mentales del hombre la memoria era la más rudimentaria, la más primitiva, porque memorias tienen el elefante, la abeja, el perro, etc., pero, lógica y creatividad sólo las tiene el hombre dependiendo de ellas su humanidad, sin embargo, en los estudios de La Escuela Militar de Cadetes de Colombia, como en los del resto del país, lo principal del hombre era despreciado.

Cuando se graduó como oficial de caballería, en los cursos de capacitación que durante la profesión los oficiales deben hacer, llegó a ocupar puestos dentro de los diez primeros siendo que, los grupos de estudio, eran de más de cien alumnos, gracias al estúpido sistema de repetir los contenidos de las lecciones hasta grabárselos con ira en el alma. Y cuando estudió en algún instituto en donde el asunto fuera pensando, raciocinando, como le pasó en los Estados Unidos de Norteamérica a donde fue enviado a realizar el curso avanzado de blindados o en la universidad, obtuvo el primer puesto. Su carrera que deseó desde niño desempeñarla en campos de aventura y peligro, discurrió sacrificada y esforzadamente, pero, en los del trabajo de estado mayor y sobre todo, de la enseñanza porque sus jefes consideraban que desperdiciar sus talentos, adquiridos a partir de copiosas lecturas, enviándolo al combate era un error. Error grave era no mandar a la lucha a los hombres de mente más despierta, ninguna actividad humana requiere más cerebro que batallar; mucho más que construir un puente o escribir un bello poema porque, en el combate, se trabaja bajo presión, los errores rara vez son reparables y se pagan con vidas humanas además de que, cada situación, requiere resolver montones de problemas en tiempos muy breves y eso sólo está al alcance de mentes privilegiadas.

Cuatro años estuvo enseñando en la Escuela Militar, materias de las llamadas de patio y académicas, entre las cuales la que más le gustaba era la Historia Militar. Se casó con una bella joven por cuyas venas corría sangre austriaca. Tuvo tres hijos.

Durante su estancia en la Escuela Militar practicó un muy pesado deporte: el pentalon militar moderno que se compone de cinco pruebas: el tiro con fusil sobre un blanco a 200 metros de distancia, la pista de obstáculos, la natación utilitaria, el lanzamiento de granadas y la carrera de ocho kilómetros a campo traviesa. Llegó a ser campeón inter fuerzas y como premio a ese logro lo enviaron a Brasil a participar en el campeonato suramericano de la especialidad, de allí se trajo la medalla de oro en la prueba de tiro probando que, la educación física practicada desde la infancia, hace hombres eficientes en el deporte.

Con la salvedad de la actividad deportiva, nada podía ser más propio de la vida burguesa que él detestaba. Para ser fiel a sus creencias evitó robar el dinero del fisco, cuando desempeñó cargos de manejo administrativo y de hacer sus deberes lo mejor que fuera posible, tal como se lo exigía el honor. A pesar de que no era nada simpático y nunca se preocupó por agradar, sus comandantes premiaron sus desvelos con medallas y viajes al exterior en donde se mejora la formación cultural y se gana parte del sueldo en dólares lo cual hace que, el mal pagado oficial, pueda disponer de algunos ahorritos.

En 1978 padeció de tres quiebras radicales: la del amor, la económica y la profesional. La primera porque fue pillado en devaneos con su profesora de Historia Antigua cuando, siendo Mayor, estudiaba, con el debido permiso, la carrera de Pedagogía en la Universidad Libre. La segunda, cuando sus negocios de transporte de carga, que había montado como fruto de su previsión, se vinieron al traste por la crisis económica que causaron los altos precios del petróleo. Y la tercera, porque cuando estaba próximo a ascender al grado de Teniente Coronel, algunos arribistas lagartos que se habían casado con hijas de generales empezaron a hacer de las suyas cuando sus poderosos suegros llegaron a la cumbre del mando y no se sintió con fuerzas para enfrentarlos sin plata y sin mujer. Así, pues, se retiró del servicio activo sin necesidad de dispararse, como su amigo Enrique, un tiro en una pata, porque, contando con el tiempo suficiente en filas, podía alejarse de ellas y recibir una modesta pensión vitalicia. Con esto cerró la etapa de su vida que se podría llamar de la madurez.

TREINTA Y SEIS AÑOS

La ex esposa de Oscar se encargó de los niños con motivo de la separación; a pesar de la quiebra él pudo dejarles una cómoda casa, correctamente amueblada en el norte de Bogotá y como Gisela, su querida ex, tenía una ocupación lucrativa como directora de ventas de un laboratorio de cosméticos, pudo consagrarse,con gran austeridad, al trabajo de recuperar la dignidad menoscabada. Se instaló en una habitación de la casa de un pariente en donde pagaba muy poco por el domicilio; se matriculó en la Universidad Pedagógica para continuar los estudios que iniciara en Cúcuta. El estudio era poco menos que gratuito y mejorando eso, gracias a sus notas superiores, fue becado por la universidad y así terminó la carrera sin costo alguno. Ese periodo fue, sensualmente hablando, una delicia. Después del dolor de la separación de la esposa, de los hijos y de la carrera en la institución que lo había tratado tan bien, disfrutar de la compañía de las lindas niñas de su facultad, generosas, sonrientes y a quienes les caía muy bien ese joven señor que asistía a las clases muy limpiamente vestido y quien, en algunas asignaturas, manejaba mejor el tema que los mismos profesores, fue un eficaz bálsamo para las heridas. Cómo hubiera gozado Alfonso en este ambiente tan bien aprovisionado, pero, no le pudo hacer partícipe, Oscar, del agradable momento por el que pasaba, porque, el tipo, igual que Enrique, se le perdió. Intelectualmente la experiencia fue pobre; la enseñanza era también bastante memorística y muy impregnada de propaganda marxista, absurda y aburridora hasta la náusea. Ya sabían los chicos del cuarteto de la suerte ¡desde 24 años atrás! que la cosa no era por ahí; porque, pretender que la autoridad, el poder, le corresponde a los obreros por el solo hecho de que su trabajo es aburrido y ganan poco, no tiene sentido, sería como organizar un sistema político universal para que a los rubios o a los morenos se les diera la autoridad nada más que por eso, sin atender a razones de idoneidad. La película Metrópolis de Chaplin, que pretendía ser de propaganda socialista, les pareció a sus amigos y a él que cumplió el propósito contrario. Permitir que el hombre, el único ser dotado de razón, se dedique a apretar tornillos es **un desperdicio** y un sistema que convierta en héroes a semejantes desafortunados daría risa, si Lenin no lo hubiera vuelto tan peligroso. Les parecía que lo procedente era que esas necias labores manuales las hicieran las máquinas y que no debería permitirse que nadie fuera obrero, la tecnología podría lograr que hubiera comida, ropa y medicinas para todos, gratis; y las decisiones no las debería tomar un aprieta tornillos solo o en comité de sus iguales, sino, los más capaces dentro de los que dispusiera la sociedad. Y esto lo vieron como cierto y no como una utopía, porque como dijo Enrique: -Sin la tecnología, los más de tres mil quinientos millones de bichos humanos que hoy contaminamos el planeta no podríamos comer. ¿Qué tal que la agricultura funcionara aún por el sistema de los tres campos, sin abonos químicos? ¿Cómo se les podría llevar comida a los famélicos de Somalia si no fuera por los grandes barcos de vapor o por el avión? – Soñaron con ideas que verían realizarse en el corto plazo porque, ¿Habría medicamentos baratos, casi gratuitos, sin la producción en cadena automatizada? Disfrutaron imaginando un mundo de hombres dedicados al deporte, a las artes, a la ciencia o a ciertos muy especiales servicios que no pudieran cumplir las máquinas como, por ejemplo, ser asesor sentimental. Finish.

Algo parecido había dicho Aldous Huxley, aunque mucho más deshumanizado de lo que ellos sugerían. El tema de la dictadura del proletariado no daba para más, era barro. Un país tan fregado como el de ellos no merecía la lucha de clases sino la amistad entre las inevitables clases. El himno que a veces se oía debería ser cambiado.

Cuando se graduó al finalizar sus estudios, Oscar, necesitaba trabajo (Arriba los pobres del mundo...) para que su recuperación pudiera darse ya que, vivir de una minúscula pensión, significaba demasiadas privaciones, más de las que un mocetón, enérgico y emprendedor pudiera soportar. Como de lo que más sabía, como conocimiento sistematizado, era de arte militar, fue a la escuela de cadetes del Ejército y allí, un amigo suyo, quien era el jefe de estudios, lo colocó como maestro de nivel universitario. Otro, lo ayudó a entrar de profesor en una universidad, después, se empleó también como docente en otro par de institutos militares y a la par que hacía una tarea que le gustaba: enseñar, recibía buen dinerillo, el pis del diablo, del que tanto se quejaban los católicos medioevales y después los camaradas, siempre tan amargados ellos. Con eso se compró un apartamento, modesto pero cómodo y un carrito, también modesto y cómodo y empezó a disfrutar del necesario superávit para volver a comprar libros, actividad esta súper clave, que había disminuido bastante durante los tiempos de la gran borrasca. Reconstruyó su biblioteca, perdida en el naufragio de amor. Su ex mujer, disgustadilla aún, por la infidelidad en la que incurrió el habitualmente ejemplar marido, en un arranque de ira propio de las Moiras, en lugar de devolverle los libros al empobrecido ex conyugue, los vendió por metros, ante la mirada atónita de los niños, quienes habían heredado del padre el gusto por la lectura. Escribió unos textos de Historia Militar, una obra de teatro, bastantes artículos para revistas, un manual de Sociología, otro texto sobre derechos humanos y realizó una investigación sobre pedagogía que trataba de probar y lo logró, la eficacia de un método de estudio que ¡por Dios! desarrollaba la inteligencia.

Bueno, pero, dirán los lectores ¿qué tiene que ver esto con la vocación de mosquetero o de corsario bueno que se le veía cuando era niño? – Mucho, la pedagogía tiene bastante de campo de batalla. El que tenga dudas y piense que es una fiesta de parvulillos confiados y sonrientes,que trabajan cantando como los siete enanos del cuento, que se lea La Jungla de Pizarra de Evan Hunter con la diferencia de que,a los estudiantes militares de Colombia y a los de los planteles educativos del país en general no los protegen, de la exigencia de los profesores, las gavillas que ellos mismos arman sino, las instituciones educativas mismas, que no tienen como meta hacer mejores en sus claustros a los estudiantes, a través del proceso de aprendizaje,sino, conservarlos durante el mismo para exprimirles los denarios o tenerlos en la milicia para que,de alguna manera, sirvan para llenar los cuadros del Ejército sin que importe mucho la calidad de los graduados. Debieron leer El Motín del Caine en donde se ve cómo, en manos de soldados menos que mediocres suele descansar la seguridad de las naciones y lo que es más paradójico, a veces, cumplen bien su deber(Véase el discurso del abogado judío cuando terminó el juicio).

Al ejercicio de la pedagogía se entregó Oscar con el mismo empeño que siempre puso a sus actividades profesionales y a aquellas que creyó convenientes y productivas. Ideó un sistema de enseñanza que consistía en relacionar los datos que todo tema pedagógico tiene,con teorías que los hicieran útiles, así,por ejemplo, la geografía para estudiantes de la carrera de Hotelería y Turismo debería estudiarse leyendo un texto de geografía descriptiva en el cual se relatara cómo era el paisaje del país, diciendo dónde quedaban y como eran los ríos, montañas,mares, lagunas, bosques, llanuras, áreas cultivadas, construcciones del hombre, parques, desiertos, islas, etc., y simultáneamente, hasta donde esto es posible- se nota en el ambiente el comentario de Alfonso sobre el particular- leer unos elementos de teoría de lo estético, para identificar con cierta certeza lo que es bello del paisaje siendo muy importante esto porque, la industria hotelera, no sólo se construye para dar residencia de paso a los forasteros que visitan las grandes ciudades, sino, que tiene un fin recreativo al que el turismo adinerado busca con afán,haciéndose indispensable para su éxito que se desarrolle en bellos parajes. También, leer una teoría sobre los servicios públicos para saber qué tipo de topografías, climas, y clases de suelos son más favorables a la construcción de servicios de acueducto, alcantarillado, energía eléctrica, telefonía, etc., porque una instalación hotelera o un complejo turístico, que incluye varios hoteles, no se puede desarrollar sino donde existen las debidas facilidades para que el alto costo de la obra de ingeniería no haga irrealizable el proyecto. De la misma manera, se debe mirar una teoría sobre los deportes en general y en particular, para saber qué regiones son más apropiadas para algunos de ellos, que son elementos muy importantes de lo que es atractivo para el turista. Leer de gastronomía para prever qué tipo de menús se pueden ofrecer según las regiones y evitar los costos excesivos que implican transportar comestibles desde lugares muy apartados. Recuérdese la embarrada que hizo Caius Apicus cuando, para un banquete que iba a dar en Roma, envió un barco a la isla de Creta a traer un cargamento de jaibas y, después de que recorrieron más de 400 kilómetros por mar, rechazarlas porque no daban la medida de las que él acostumbraba ofrecer a sus invitados. Si en vez de jaibas hubiera pensado en angulas, que se consiguen en el Mar Mediterráneo, cerca a Roma, se hubiera evitado el disgusto por el que pasó y el despilfarro.

A los estudiantes se les invita a realizar esas lecturas correlativas y a deducir qué regiones del país son más aptas para cierto tipo de turismo y para que el trabajo sea más concienzudo, para que de verdad sea útil, deberán demostrar, mediante un ensayo fundamentado en argumentos lógicos, que su afirmación era verdadera.

Así enseñaba Oscar sus asignaturas: Historia Militar, Historia Universal, Teoría Política y Geopolítica, nunca exigiendo repeticiones de memoria, sino, induciendo a sus alumnos a pensar, a reconocer que lo dicho por Aristóteles, hacía mucho más de 2000 años, era verdad: Que lo cierto de la existencia de algo no se puede probar recurriendo a las características de la cosa misma sino de otra o de ideas afines cuyos conceptos hay que combinar dentro de la cabecita para acercarse a la verdad, divina diosa a veces tan difícil de alcanzar. El asunto causó extrañeza entre las autoridades académicas, pero, se demoraron bastante tiempo en opinar porque, la ignorancia, algunas pocas veces es tímida. ¿Y los alumnos qué? – Los alumnos con quienes Oscar trabajó, a partir del año de 1985, cuando se vinculó a la escuela militar, eran chicos de entre 19 y 23 años de edad, provenientes de sectores muy pobres de la sociedad, seguramente carentes de bibliotecas en sus hogares, ajenos a comidas provistas de los nutrientes básicos que alimentaran bien su etapa de crecimiento y al entrar a la escuela de cadetes poquísimos lo hacían por vocación sino porque no los recibían en ninguna universidad dado su bajo rendimiento intelectual. Entonces, venir y decirles a unos chatos, quienes, aun siendo bachilleres detestaban leer y mucho menos entendían lo que se les ponía por delante, cosas como estas: "vamos a iniciar la maravillosa aventura del saber, para que, ustedes, dignos sucesores de Aquiles, Bolívar y Santander, puedan, mediante el uso de su raciocinio, encontrar las claves para vencer en las duras batallas que les corresponderá librar contra enemigos externos o internos del país o contra sus propias limitaciones que, como obstinadas enredaderas, se aferran a los entresijos de sus jóvenes e ingenuas mentes y no les dejan pasar la luz, lean esto y aquello, piensen y escriban, a ver, ánimo, adelante y suerte". La oración estimulante ponía, en el 99 % de sus núbiles ojitos, la más lastimera expresión de estupor. Oscar les decía: no se desanimen muchachos perseveren y si tienen dudas pregunten que yo les ayudo.- Silencio total. Ceños fruncidos al leer que significaban disgusto ante lo que, para ellos, era una dificultad insuperable. Después de, por ejemplo, una hora de trabajo, uno de los esforzados camilos se atrevía a preguntar: mi Mayor,¿ podría decirme lo que significan en esta página dos punticos, uno encima de otro?. Como la perspicaz pregunta parecía referirse al peliagudo tema de la puntuación, que, siendo tan elemental, hacía cavilar al atribulado maestro sobre la posibilidad de realizar algo útil con tales personas, y quien lleno de pesar, pero, también, de buenas intenciones, va al tablero y pinta, grandes, los dos puntos que se usan para indicar que sigue algo dicho por alguien y decirle al preguntón–: ¿A esto te refieres? – el chico, con una sonrisa deslumbrante, complacido de que el profesor hubiera comprendido su pregunta, contestaba con un sonoro–: Sí mi Mayor (que así se referían a Oscar sus alumnos militares por respeto al grado que, cuando estaba en actividad, llevaba). El profesor, algunas veces, cuando las reservas de paciencia estaban bien surtidas, le repetía las instrucciones que al gañán debió darle el maestro de tercero de primaria y otras, ante la tragedia que significaba funcionar con especímenes sacados de la clase del chavo del ocho, se sentaba en el piso, detrás de la cátedra y lloraba a moco tendido por no menos de diez minutos al término de los cuales, el comandante del curso, generalmente el más avispado del salón, se le acercaba en silencio y con voz impregnada de comprensión le decía–: Mi Mayor ¿ le puedo ayudar en algo, le puedo traer un vaso con agua? – no se preocupe hombre -decía Oscar ya estoy bien, fue que me cayó en el ojo el árbol que estaba junto a la ventana.- Y así, continuaba la clase airosamente, como si no hubiera pasado nada. A la hora de calificar, ya que todas las clases suponían un ejercicio escrito, calificable, el 99% de los estudiantes o mejor, el 100% las más de las veces, no lograban notas mayores del rango entre 0 y 2 sobre 10. Para los mejores 2, no más de 2 alumnos entre los 35 que componían cada curso alcanzaban esa meta y el resto de la afligida grey debía contentarse con menos de esa poco elevada calificación. Como Oscar no era tan ingenuo como para pensar que los dirigentes de la academia aceptarían semejante descalabro,que dejaría sin aspirantes a oficiales a la escuela, porque, quien no aprobara todas las asignaturas del programa de estudios, con calificación superior al 60% posible, no podría graduarse, utilizó la habilidad para resolver problemas,que el supremo hacedor le regaló sin merecerla e hizo dos cosas: la primera, hablar con el director de la escuela y decirle: - Señor, esta forma de enseñanza es muy buena, óptima, pero, a los muchachos les cuesta trabajo por las condiciones que poseen, que usted conoce tan bien como yo, le propongo que a los que obtengan las mejores notas en mi materia,que es la única en la que se enseña así, les den un premio.-La respuesta a esto fue algo así: - No, Oscar, no venga con carajadas, deje de molestar a los muchachos con sus excentricidades, ¿De dónde voy a sacar plata para premios?- en fin, cero pollitos de éxito en esa gestión, que fue repetida con varios directores con resultados similares . La segunda, consistió en inventarse un sistema al que llamó curva diferencial paralela,que consistía en que, al alumno que obtuviera la más alta calificación, se le daba el cien por ciento de la nota posible y la diferencia entre lo obtenido y lo obsequiado,se le agregaba a las notas de los demás, así se lograba que, al menos un alumno de cada grupo o dos, si los dioses estaban benévolos, sacaran el máximo puntaje y el resto de los apreciados adoquines sobrepasaran el punto de pérdida y así todos contentos. ¡No!- nada de eso, porque como la mayoría de los alumnos quedaban en la franja de los que obtenían el sesenta por ciento de los puntos posibles y eso les parecía muy poco, comparado con las superiores calificaciones que la mayoría de los profesores les regalaban más exageradamente aún, de lo que hacía Oscar, faltando a la justicia y a la verdad, pues, se quejaban. Los jefes llamaban a Oscar y le decían: "mire, los cadetes se quejan de que usted no les responde las preguntas, eso es una conducta inadecuada y bla, bla, bla." porque, claro, ellos no iban a decir la verdad.

—pues, no, mi General aquí no hay más que hacer, despídalo.

Así, en ese ambiente deletéreo aguantó Oscar 10 años aferrado al remo de esa galera, haciendo malabares mil para evitar ser expulsado del cuerpo de profesores. Una vez oyó esta amable conversación entre un director de la escuela y su inspector de estudios, quienes no advirtieron la cercanía del objeto de sus desdichas–: Hombre Domínguez- dijo el Director- Oscar es un excelente profesor, sabe mucho de lo que enseña, su interés por la mejoría de los alumnos es incuestionable, pero, nos tiene jodidos porque ha habido cadetes de los suyos que hasta solicitan el retiro por causa de su presión insoportable, padres de ellos han venido a contarme que su criaturita hasta padece de insomnio y lo peor es que eso es cierto, porque he dispuesto que se haga la debida averiguación ¿Qué le parece que deberemos hacer? – pues, no, mi General aquí no hay más que hacer, despídalo- (no ocurriéndosele al zoquete del Inspector la alternativa de establecer un plan de premios) .

Al fin, el sentido del humor que había cultivado con el cuarteto que sabemos, y la paciencia se le agotaron a Oscar y resolvió abandonar tan sufrida actividad y aunque, a pesar de todo, lo escogieron dentro del grupo de los tres profesores militares que más habían hecho por la formación de los cuadros de mando y le dieron una condecoración que le impuso el Presidente de la república,mandó todo a aquella nauseabunda sustancia a donde expeditamente lo hubiera remitido Alfonso o él mismo cuando practicaba el vocabulario florido que fue perdiendo con la madurez, mientras se decía: - De qué sirven las buenas ideas si no se tiene el poder para imponerlas, hay que jalarle a la política.-

El lapso en el que Oscar estuvo dedicado a sus estudios y después, nuevamente a la enseñanza, no fue ajeno a otras actividades aún más interesantes. Trece años en total durante los cuales se acercó algo a las actividades políticas, a los negocios, que le fueron permitiendo reconstruir una situación económica decente y a algunas mujeres con las cuales tuvo romances inolvidables que le proveyeron de la estabilidad emocional que se requiere para no perder el empuje ni el entusiasmo

En la universidad conoció a un profesor quien, como cosa rara, no era de izquierda y ni siquiera levemente simpatizante con el socialismo, no entendía cómo, tan curioso espécimen, se pudo sostener en una universidad del estado en donde las roscas políticas de esta orientación son muy poderosas y excluyentes. En un comienzo simpatizó con él porque compartían la mutua antipatía hacia los camaradas recalcitrantes, se trataba de Alfonso Céspedes, un Alfonso muy diferente al otro y divertido Mefistófeles, graduado en Alemania en alguna carrera relacionada con la geografía y de allá, tal vez, trajo un nazismo alborotado que se nutría de exageraciones, falsedades y no poco de la estulta afición a lo esotérico que tanto afectó el juicio del Fuhrer. Se sintió heredero automático del antisemitismo del NSDAP (iniciales, en alemán del partido nacional, socialista, alemán y obrero) bueno, así como los camaradas tenían el chiste del amor y la solidaridad universales, los alemanes de los años veintes, demostraron no quedárseles atrás con aquello del nazismo, socialista y obrero. Llegó a justificar la matanza de los judíos, a la que se entregó con tanto entusiasmo el buenazo de Hitler. Dijo una vez, muy suelto de cuerpo, que las fotografías que el ejército norteamericano tomó de centenares de esqueléticos supervivientes de los campos de concentración, eran simples marionetas de caucho construidas en Hollywood por manipuladores judíos, con el propósito de fregar la memoria del calumniado Adolfito. Bueno, cuando se lanzaba por esos andurriales no vacilaba en decir que siete o nueve sabios de Sión mangoneaban en el mundo y vivían tirándose a los monitos de raza hiperbórea que tan superiores eran, carajo. El buen señor era o es, porque creo que las parcas no se lo han trasteado todavía, alto y rubio y sí, podía pasar por un alemanote de esos que en Múnich se beben tres barriles de cerveza diarios porque, tenía una potente y coloradota nariz, muy aria ella. Decía que la matanza de los judíos era un engaño de la oposición y que, si hubiera sido cierta, bien se la merecían los arrastrados sionistas porque eran unas mierdas. Nótese que las palabrotas no pertenecen al casto biógrafo quien narra esta historia sino que son de nuestro querido Alfonsito. Aclaremos, Oscar no era anti alemán, ni siquiera anti Adolfito per se, no, ni mucho menos antisemita, como que en su sangre hay gotas de la sangre del Salvador, pues uno de sus apellidos corresponde al de esos marranos, así los llamaban Oscar, el biógrafo qué culpa tiene, que eran los que se hacían pasar por católicos para poder viajar al nuevo mundo. Como militar que sabe la historia de los ejércitos reconocía en el austriaco un encomiable pensamiento original y una capacidad estratégica extraordinaria, sobre todo, la que lo iluminó cuando invadió a Polonia, Francia y Noruega. inclusive, pensaba que, si no hubiera sido tan bestia de perseguir a los judíos y los hubiera tratado bien, éstos, entre los cuales estaban los científicos más brillantes de Europa y que eran alemanes fieles a su patria, le hubieran ayudado a ganarle a la taya equis esa de Stalin.

Fonsi era un fanático bastante coherente, nunca fue pillado en contradicciones y por eso, Oscar, le tenía el mismo aprecio que se puede sentir por el perro loco de la esquina si es que no lo muerde a uno. Bueno, dígase que este era un aprecio moderado y con aprensiones. Con Alfonso decidieron que, el presidente Betencur, a la sazón en el poder, estaba haciendo pilatunas con el país y como con ganas de vendérselo o más bien regalárselo a unos tipos poco chéveres siendo necesario, pues, darle un apoyito a nuestra democracia y salir a contarle a la gente lo que el cuasi tocayo del gran guerrero bizantino le quería hacer. Con la ayuda de unos industriales importantes se creó una fundación que llevó el pomposo nombre de Occidente, se recibieron fondos con los que se compró un proyector de diapositivas y se pagaban los pasajes y el alojamiento de los dos defensores del legado de Santander y de José Hilario López. Se habló con los cardenales, aquí se ocurre una pregunta muy pertinente: ¿Se llaman cardenales los pájaros rojos por el traje de los jerarcas de la iglesia o se les llama así a estos por el color de los lindos pajarillos? No molestes Alfonso I y deja continuar al sufrido biógrafo con su labor; es que como Mefisto se puede meter en cualquier parte... Se habló con los generales de más prestigio y con los líderes políticos más importantes, se viajó a la provincia y se llevó el mensaje a los líderes de la sociedad de cada lugar. Bueno, Telisarín, parece que captó la idea, como que las fuerzas vivas de la nación se le estaban alborotando y cuando se dio el frívolo incidente del Palacio de Justicia, pareció como que había traicionado a sus amigotes y se echó de para atrás, dejando que el Ejército Nacional los pasara por las armas, parece que ahí se fortaleció la frase esa que dice: en los políticos no se puede confiar.

Alfonso II le presentó a Oscar otro curioso personaje al que vale la pena que este atribulado biógrafo reseñe. Se trata del doctor, Doctor con mayúscula, porque ese señor si sabe ¿oyen? Germán Justillo, un abogado conservador, ultramontano, cultísimo, mucho más simpático que Alfonsito II y con cara de amigo fiel. La amistad con él pareció prender entre el líder del cuarteto de la suerte y el singular doctor hasta que la sombra de la duda cubrió el horizonte del aprecio. Fíjense como un detalle trivial puede ser decisivo en la suerte de las relaciones. Vean lo que pasó: Justillo parecía tratar a Oscar con gran afecto y hasta con admiración y no tenía empacho en llamarle "caudillo", para gran satisfacción de nuestro héroe, pues bien, un día, en el despacho que en la escuela tenía, a donde lo había ido a visitar Oscar para charlar, Justillo, distraído, llamó a la empleada que servía tintos en las oficinas y lo hizo de esta guisa—: caudilla, tráiganos unos tintos - el brinco dado por Oscar fue como el que se hubiera producido si aparece un tigre en la puerta, Justillo echó a broma el asunto y ambos rieron, pero, a Oscar le quedó en la mente la idea de que Justillo era medio falsario; después, la sospecha se fortaleció cuando ciertas confidencias respecto del mal comportamiento de algunos jefes, que Oscar le hiciera, se revirtieron en la forma de reproches de ellos sobre los mismos temas de la infidencia. Bueno, decía Oscar, nadie es perfecto, ni siquiera Enrique quien era lo más próximo a ello, menos este costeño chisgarabís. Sin embargo, Chisgarabias, le hizo después un favor del que dependería la suerte de Oscar y la del país. De esto se hablará más tarde en el siguiente capítulo.

La mayoría de las mujeres de Oscar – la excepción fue la última que en esta narración aparece-, al contrario de lo que el común aforismo sienta: que detrás de cada gran hombre hay una mujer, no jugaron un papel destacado en su historia y casi no desempeñaron ninguno en ese sentido de contribuir decisivamente a los grandes logros – Florence Thomas lo sabrá perdonar-, pero, sí fueron muy importantes como una contribución a su equilibrio emocional del que tantas cosas llegarían a depender. No era tan poco un hombre de amores utilitarios de esos que dicen, sin ninguna vergüenza que, la mujer, es el descanso del guerrero, Oscar era afectuoso y considerado aunque, poco detallista en eso que a las mujeres les gusta tanto: los pequeños y los grandes regalos; a veces unos versos, a veces unas flores, invitaciones a restaurantes y no mucho más porque, sin ser tacaño era distraído. Veremos cómo eran algunas de ellas, las que le dejaron un más persistente recuerdo, aquellas de las que se enamoró.

En la cumbre de esa categoría, las mujeres que amó, se halla Gisela, quien fue su esposa, se conocieron cuando Oscar tenía 19 años y ella 15 de edad. Se vieron por primera vez en una hacienda que el padre de la novia tenía, tomada en arriendo, dentro del Fuerte Militar de Tolemaida, en donde Oscar prestaba sus servicios como Sub-teniente. Casi fue un amor a primera vista y el galán la conquistó, como había hecho con

Diana, siete años atrás, hablándole de sus lecturas y de sus aventuras personales, que no eran pocas. El amor creció y al hacerse irrefrenable, terminó en una boda que fue un acontecimiento social, dentro del ámbito castrense; nunca habían visto los novios tantos regalos juntos. Eran tan repetidos los jarrones de cristal y los servicios de plata que, con ellos, se llenó una habitación en la casa de los padres de Oscar y fueron el comienzo de la consecución de los primeros ahorros familiares, al pedirle Oscar a su madre que los vendiera y que, con lo obtenido, le comprara algunas acciones. El matrimonio fue feliz en lo que- como Diana había dicho, es lo más importante- la satisfacción sensual. Gisela no era una mujer culta, cuando se casó adelantaba, con dificultad, el cuarto de bachillerato ni era muy inteligente, no comprendía ni la filosofía ni las ideas abstractas, aunque admiraba a su consorte, se le hacía raro y lo comentaba a las otras señoras que, Oscar, aun siendo muy buen esposo, le dedica mucho tiempo a leer libros. Esas carencias las compensaba con un eficaz espíritu práctico, que le permitía llevar adecuadamente los asuntos del hogar y administrar con propiedad el diminuto presupuesto que procedía, exclusivamente, del salario del marido. Y era amorosa, muy cariñosa, tierna y muy apasionada, además tenía un bello cuerpo, una cabellera castaño claro y unos lindos ojos verdes todo lo cual facilita que, esas actitudes prosperaran y fueran bien recibidas facilitando que, la vida a su lado, fuera una verdadera fiesta. Fiesta que duró 11 años durante los cuales, Oscar, le fue rigurosamente fiel. Nada pudieron las tentaciones, que nunca faltan, provenientes de mujeres curiosas, o de amigos, quienes lo invitaban a rumbear con supuestas beldades a las que Oscar nunca se quiso acercar. Las guarniciones militares en las que vivieron, en casas anexas a los cuarteles en donde se pasaba cómoda, austera y limpiamente, forman familias con espíritu gremial en las que, las señoras de los oficiales casados, representan el epicentro social. En sus reuniones las damas sanamente envidiosas, que no podían dejar de darse cuenta de la fidelidad de Oscar, siempre interrogaban a Gisela en busca de alguna fórmula que ellas le pudieran robar a su conocimiento para, a su turno, retener a sus muy picaflores esposos. Gisela siempre contestaba con una sonrisa entre tímida y orgullosa: es el amor. Alguna vez un sicólogo prestigioso quien fue de visita al batallón, en donde Oscar trabajaba, le habló de ese tema diciéndole: caramba, el amor conyugal es algo difícil de estabilizar. Si la pareja se ama, la pasión rara vez sobrepasa los primeros tres años del matrimonio, después, si los cónyuges se quieren y son personas cordiales e inteligentes, la pasión, se cambia por una amistad estrecha, pero, dijo jocosamente, se pueden presentar episodios curiosos como ese del que acarició la pierna de su esposa, quien yacía a su lado y no supo si era la suya, de él, o la de su tía abuela. Amores que duren más de tres años son regalos de Dios por los que hay que considerarse un bienaventurado. Este amor, sin morir por parte de Gisela, sí tuvo una derrota irremediable causada por Oscar debido a lo que en la divertida película: La Picazón Del Séptimo Año expresaba Marilyn Monroc: que después de siete años de matrimonio, por feliz que éste fuera, no se pueden resistir las tentaciones. Y así fue, aunque eran cinco más de la máxima fecha concedida. Sucedió que, Oscar, siendo segundo comandante del grupo de caballería que había en Cúcuta, empezó a estudiar la carrera de pedagogía en la Universidad Libre de esa ciudad y dio la casualidad de que, su profesora de Historia Antigua,quien, daba su clase en el último periodo de la noche, de nueve a diez p.m., los martes y los miércoles, era una joven muy bella, no muy alta, de formas plenas, con un precioso rostro de muñeca y más o menos la misma edad de Gisela . Los condiscípulos de Oscar constituían un grupo de 64 alumnos de los cuales 50 eran mujeres y 14 eran hombres. Dentro de las mujeres había unas muy bonitas a las que Oscar trató con respetuosa cordialidad, fiel, siempre fiel a su esposa. Pero, sucedía que los alumnos hombres, aunque eran pocos, tenían un comportamiento que molestaba al oficial; el salón se iluminaba con un poderoso bombillo de mercurio que, si se apagaba, tardaba más de un minuto en volver a encenderse y los granujas aprovechando que, si lo apagaban, la oscuridad a esa hora sería total, lo hacían con el propósito de manosear a la profesora, lo que no lograban muy plenamente porque, Oscar, el caballeroso, se colocaba delante del atril e impedía los desafueros, lanzando de vez en cuando un golpe afortunado, aún así, las manos llegaban al cuerpo de la maestra y esta se hallaba muy molesta y a punto de renunciar a la cátedra. Sin embargo, algo sucedió que impidió el retiro de la bella profesora, fue Oscar a un gran almacén, que había a la salida de la ciudad, a comprar un vestido a uno de sus hijos y allí, en un mostrador, vio una pequeña linterna cuadrada, de esas desechables pero que duran bastante y la adquirió pensando en regalársela a su atribulada maestra. Esa noche era miércoles y él escribió en un pequeño papel que hizo del tamaño de la linternita: "de un alumno agradecido que también le teme a la oscuridad". Y no puso su nombre porque, de verdad, no estaba interesado en conquistar a la bella sino, evitarle el disgusto que los pelafustanes le causaban. Preciso, esa noche, ya terminando la clase, alguien, sin que la maestra se diera cuenta de quien había sido, apagó el maldito bombillo y los atrevidos se lanzaron hacia su presa, pero, Oscar fue más rápido y puso en las manos de la dama el artefacto ya descrito que, ella, no tuvo dificultad en identificarle su naturaleza y encendiendo el pequeño fanal, apuntó a la cara del más cercano de sus acosadores, quien, claro, resultó ser uno de los alumnos, éste, más que asustado ante el peligro de ser expulsado de la universidad por conducta impropia, se arrodilló y pidió perdón, la maestra, mujer al fin, se compadeció y le hizo levantar de la posición en la que se encontraba, dando por terminado el incidente. Oscar, satisfecho con lo sucedido se dirigió a su automóvil que lo esperaba al frente del salón cuando fue llamado con dulce voz–: ¡Oscar! – el se volvió y encontró a su profesora con la más tierna de las sonrisas, esperándole y cuando se le acercó, ella le dijo–: Yo se que tu fuiste quien me dio esto y quiero agradecértelo- se le acercó y sin importarle que los demás estudiantes,quienes ya se dirigían a sus casas, pudieran verlos, le dio un apasionado beso en la boca que, Oscar, no se atrevió a rechazar, porque, aunque no había tenido intenciones torcidas con la profe, tampoco es que fuera inmune a sus encantos, sobre todo, si se tiene en cuenta que entre ellos ya había florecido una amistad a causa del buen rendimiento de Oscar en su clase. Oscar pensó, rico, pero hasta aquí fue. No señor, la dama no se apartó y continuó con el un tanto azorado Oscar acompañándolo hasta su auto, cuando éste se volvió y la interrogó con un alzamiento de cejas, ella, mimosa se estrechó contra su cuerpo y le dijo: no Oscarete, es que el premio no ha terminado, quiero que me lleves a un motelito que hay, ya llegando a San Antonio, del que me he dado cuenta que existe al ir a hacer compras a ese municipio. Ahí fue la primera y definitiva crisis del matrimonio de Oscar, no duró más de medio minuto, pero bastó para echar por tierra once años de felicidad. Después, el romance adquirió la dinámica que estas cosas toman, a la mujer de Oscar le fueron con el chisme, un día lo siguió al motel, vino el escándalo familiar y todo se derrumbó. No fue un derrumbe instantáneo, duró dos años y tuvo su clímax cuando sobrevino la ruina económica, que tan perjudicial es cuando ya hay enconos sembrados.

Ya separado, conoció a Marta, una hispano-venezolana quien vivía cómodamente instalada en un apartamento del barrio Sears. Allí residía con su esposo, de quien se estaba separando y con su pequeña hijita de tres años de edad. La conoció frente al citado almacén, ella esperaba a un ingeniero con quien se había citado por teléfono para que fuera a realizar unos arreglos en su casa y Oscar esperaba a una condiscípula de la universidad,quien le había pedido una cita para hacerle una consulta de carácter académico; Marta creyó que Oscar era el ingeniero y lo abordó diciéndole: es usted fulano de tal y al aclararle Oscar que no,no se alejó de él porque,al cruzarse sus miradas, surgió entre ellos una de esas atracciones que son las que justifican la presencia de Cupido disparando flechas en el traste de las parejas. Ella se olvidó del ingeniero, él de la compañera y se fueron conversando animadamente hacia la casa de Marta en la cual no estaba la niña, a quien la cuidaban en una guardería, ni el marido a quien ella, el día anterior,le había pedido que se marchara. Marta no era muy alta, pero, tenía un lindísimo cuerpo, una bella cara, cabellos largos y rubios de color natural y una simpática desfachatez que la hacían muy atractiva. En su casa contó a Oscar su vida y milagros dentro de los que, los más destacados eran: el hecho de que a ella la sostenían sus padres, quienes le enviaban,desde Caracas,un millón de pesos mensuales, lo que no era mucho para ellos, pues, tenían unas lavanderías que les producían abundante dinero, pero que, en la Colombia de entonces, eran una pequeña fortuna y que, ella,estaba muy disgustada con su marido porque, aunque, era ingeniero de sistemas y bastante despierto, tal vez por eso, se dejaba mantener y se resistía a buscar trabajo lo que le parecía una actitud indigna de un hombre. Bueno, pintado ese cuadro a Oscar no le pareció inconveniente la situación e inició una relación que, en breve, tomó más fuerza de la esperada y trajo, de contera, la petición de matrimonio, de Marta a él, claro, no una petición formal con anillo, velas y champaña y todas esas zarandajas que se ven en las novelas de Corín Tellado, sino a la manera desparpajada de Marta quien salió con esto–: Oye, no seamos tan pendejos, tú me quieres, yo también, ¿qué esperamos?- casémonos.- No- le dijo Oscar.- Y ¿por qué, tú no me dijiste que estabas separado?–es que además de separado estoy quebrado, no he terminado mis estudios para iniciar mi recuperación, no tengo casa propia ni carro y vivo de mi menguada pensión.- ¿Cuánto es?- 30 veces menos de lo que te envían tus papás – con eso basta, además te vienes a vivir conmigo, si quieres a partir de hoy mismo- y en fin con sus característicos arrebatos organizó la vida de los dos.- No, dijo Oscar, eso no sería correcto, repetiría la historia de tu marido.- No, es distinto, porque tú no estás así por maldad o pereza sino por mala suerte y yo te quieeero.- No, déjame pensarlo.- Y lo pensó y lo pensó y pasaron los días y hacían mucho el amor y caminaban cogidos de la mano, por calles desiertas, azotados del más horripilante romanticismo, tanto, que en su despiste una vez los atracaron, los despojaron de los relojes y de las carteras y ni se dieron cuenta . Al fin, Marta, se puso enérgica y dijo–: Hoy te vienes para mi casa y no acepto excusas.- Oscar accedió pensando en que sería provisional la cuestión, pero, duró menos. Ese día, contrario a lo que sucedía las otras veces, que llegaban a su nidito de amor, de noche, cuando la niña ya se había dormido, lo hicieron a las diez de la mañana porque era sábado y Oscar no tenía clases en la universidad.

-¡Marta ¿qué es esto?!- Grito Oscar.

-¿Qué?- Por Dios, me asustaste.

-Pues, eso –dijo Oscar señalándole a un mico de buen tamaño, que tenía agarrada por el cuello a una lora y hacía como que forcejeaba con ella mientras daba vueltas por el piso y chillaba.

-Eso. Ja, ja, ja, son Tobías y Pastora que viven en esas, bromean y se quieren mucho.-

-Ah…-

Oscar estaba aprensivo porque no le gustaba ver animales recluidos en el estrecho recinto de un apartamento, le parecía que eran fuente de enfermedades y de mugre. Pero tranquilizado, un poco, por la explicación de Marta, se sentó en la sala a leer el periódico mientras ella se dedicaba a sus quehaceres, parece que lavaba ropa y cuando abrió la puerta del patio que daba a la cocina y a un lado de la sala comedor, tal vez para tender una pila de ropa medio húmeda que llevaba, irrumpieron en la sala cinco perros dálmata que, con toda la ferocidad de los monstruos del Averno, se lanzaron sobre Oscar, éste, muy ágil, saltó hacia el comedor y se trepó a la mesa, que por ser redonda impidió o dificultó momentáneamente a los mastines,que no pudieron escalarla para devorarlo. Pidió auxilio y Marta llegó y hablándoles muy tiernamente los sacó y cerró la puerta. Dos gatos siameses se escondieron, temporalmente, en una habitación.

Oscar, todavía temblando, le dijo–: Martica ¿Cómo es que no me habías hablado de esto?.--porque como a casi todo el mundo le fascinan los animales y yo estoy convencida de que tú eres muy normal se me pasó por alto, sobre todo- dijo cariñosa- porque tenía otras cosas más interesantes en que pensar. Los perritos sí son bravos, puede que al principio te den uno que otro mordisquito, pero, cuando se acostumbren a ti, verás como se portan de lindos.-

Eso fue suficiente, Oscar llamó a un taxi, sacó su maleta y se fue. Siguieron viéndose y la relación continuó bien por dos años más, pero, el proyecto matrimonial se esfumó, sobre todo, cuando se enteró de que, Martica, tenía, tomada en arriendo, una casa en donde, un ama de llaves, cuidaba de 23 perros callejeros que ella había recogido por caridad. Caridad sí no le faltaba a la chica.

El día del matrimonio de Oscar, en una de las fotografías en la que aparecen él y su esposa hay una niña, de unos 15 años, tocada con un chistoso sombrero redondo de los que estaban de moda en los sesentas. Era una linda chaparrita, morena quien estaba unida a Oscar por un grado de consanguinidad, era prima segunda.

...parece que lavaba ropa y cuando abrió la puerta del patio de la cocina...

Más adelante, no mucho, se casó con una especie de vago místico de quien se separó después de tener dos hijas con él y haciendo muchos sacrificios, gracias a su espíritu de superación, estudió administración de empresas y llegó a ser una ejecutiva importante en una compañía de seguros. Oscar se acordó de ella muchos años después cuando su mamá se la mencionó. Eran días de triunfo porque había logrado que Colciencias le financiara un proyecto de investigación para establecer si su método de enseñanza desarrollaba o no la inteligencia humana y por lo tanto, la alegría y el buen humor predisponían a la amistad y al amor. Consiguió su teléfono, la llamó y concertaron una cita en la que no coincidieron porque, Oscar, no entendió bien cuál era el banco señalado para el encuentro y estuvo media hora con un ramo de rosas, instalado frente a uno del centro internacional hasta que, impacientado por el supuesto incumplimiento de su invitada, se marchó regalándole las flores a una de las aseadoras, quienes cerca de él limpiaban los pisos. Cuando se aclaró el mal entendido, se ofrecieron disculpas y las invitaciones preliminares siguieron su curso de buena manera hasta que, en el apartamento de Oscar, una tarde, se demostraron la profundidad de sus afectos. El amor llegó a cumbres que no se veían desde su relación con Gisela. Elisa tenía una cara muy bonita, no muy buen cuerpo, sus piernas eran menudas y un poco musculosas, la cadera era más ancha arriba que abajo pareciendo una pirámide truncada al revés, pero, poseía porte, elegancia y sexualmente hablando, una disponibilidad, una devoción y una imaginación que encantaban, seducían y te podían transportar a ese paraíso de las huríes que, cuando nos encontramos con él en El Corán, nos llenamos de envidia. Como si lo anterior fuera poco, era inteligente, sensible, buena oyente, de buen gusto, aficionada a leer la gran literatura, tenía criterio y cuando amaba como amó a Oscar lo hacía con cariño, ternura y afecto incomparables. La dicha que Elisa le producía a nuestro protagonista fue la causa de que, después de tres felices años, la relación terminara, quedando, a pesar de todo lo que pasó, como prudentes amigos a distancia.

Sucedía que Oscar, encantado con la felicidad obtenida, irradiaba una especia de aura que hace ver bellas a las personas, incluso a aquellas que no lo son, porque de Oscar se podría decir que, para ciertas mujeres, sería un varón atractivo, pero, de ninguna manera bello. Lo cierto es que cuando salía de compras con Elisa o a una taberna o a bailar, siempre había mujeres que lo miraban con afecto y eso, aunque la mayoría de las veces, éste no lo advertía, sí era visto por Elisa, quien celosa como una loba criando, cuando llegaban a una de sus viviendas en donde se reunían, le montaba al inocente unas escenas que hacían estremecer las paredes por los gritos y unas pocas e infaustas veces, por los golpes. Una vez, buscando un apartamento en donde vivirían juntos, sin la interferencia de hijos y antiguos amigos, visitaron una linda urbanización, que se llamaba Alameda de Santa Clara, en la cual Oscar había visto un cómodo pent house . Fijo. Fue llegar la pareja a la sala de ventas y la dependiente, según afirmó Elisa, comenzó a ponerle a Oscar ojitos golosinos y a prodigarle al señor atenciones desmedidas, este biógrafo, estricto e imparcial como es, interrogó a Oscar y él muy sinceramente le dijo—: la verdad es que no advertí nada de especial, me pareció una vendedora normal que se refiere más al hombre de la pareja porque, le parece, que es él quien toma las decisiones económicas – el asunto pasó a mayores, la dama, valiéndose de su poder, llamó al gerente de la empresa de finca raíz que comercializaba los apartamentos en cuestión y presentando una versión, más falsa que un billete de madera, la hizo despedir del puesto. Después vino la escena contra el acusado que, es fácil de imaginar, con referencias a su comportamiento canino, etc. Como estos malabares se repitieron con cierta frecuencia, en la medida en que aparecieron, el amor decreció y terminó lánguidamente como ya se dijo.

A Iris la conoció en el Bulevar Niza, moderno y lujoso centro comercial construido en el noroccidente de la ciudad. La vio cerca al domo del almacén, la miró, ella también lo observó y le preguntó qué horas eran. Oscar, viendo que en la muñeca de su brazo izquierdo tenía un lujoso reloj le dijo–: Son las 4 p.m. ¿fue que se te dañó el reloj?- No, dijo poniéndose roja de la vergüenza, es que soy un poco tímida y no encontré otra manera de hablarte, ji, ji, ji.-

-O.k., también deseo que hablemos, ¿qué tal si tomamos un helado en Oma?- de acuerdo, vamos- Y así comenzó una relación marcada por la mutua atracción que dependió, dicho sea sin ofender a la buena de Iris, más de su apariencia física que de su personalidad. Iris es una alta mujer, de un metro con setenta centímetros de estatura, cuerpo de modelo, cabellos rubios, no naturales, pero, teñidos en un buen salón de belleza, el de Norberto, famoso por el lujo de su local en donde cuando el señor va a recoger a la señora, le dan un trago de whisky escocés, de lo mejor; Piernas bien torneadas, bello tórax,, lindos senos, caderas redondeadas, buenos modales, provenientes de una crianza esmerada, piel blanca y dorada por una última exposición al sol en algún balneario de moda; esas linduras eran aún más valiosas si se considera que complementaron las que poseen las mujeres que entran en los cuarenta,edad maravillosa que las hace divinas cuando son bellas, expertas y la madurez les ha enseñado el arte de la bondad. Poseía la sabiduría que le dieron dos matrimonios, uno, con una duración de 16 años y el otro de 3. Adolecía de ser muy nerviosa, condición ésta que hacía difícil aproximársele porque, era tal la tensión producida inicialmente, que comenzaba a formular preguntas inútiles y se entregaba a maniáticas muletillas, muy chocantes, que sólo cesaban después de consumir tres o cuatro whiskys. Ahí se rompía el hielo y se tornaba en la mujer más maravillosa, tierna, sedosa, de talante alegre, con ganas de bailar y con una audacia que si se la invitaba a viajar a Crimea, arrancaba en ese instante y sin llevar maleta. La relación con ella fue encantadora, era una compañera de farra de lo mejor y como también tenía bastante dinero, fruto de una próspera industria de nutrientes vigorizantes con base en embriones de trucha arco iris, pato del Canadá y cordero merino, como decía la agarradora propaganda con la que atraía a sus clientes, las reuniones que hacía en su casa eran espléndidas y compartía generosamente el gasto cuando de consumir se trataba. Se demoraba un poquito en prender motores y sus relaciones íntimas se espaciaban frecuentemente por lapsos hasta de 15 días lo cual era muy difícil de aceptar por Oscar, quien tenía necesidades más frecuentes y urgentes. Durante el primer año la habilidad y el placer con que Irisita se entregaba al amor fueron suficientes para que Oscar soportara estoicamente el horrible varillazo de la espera, sin embargo, pasando el tiempo,Oscar, quien era fundamentalmente fiel, si no había obstáculos en la relación y si estaba enamorado, como era el caso de sus sentimientos por Iris, tuvo un flirteo con una cantante de un restaurante-espectáculo a donde iban a oírle interpretar sabrosos boleros con una voz ronca, de lo más sensual. Al principio, Iris,no se dio cuenta,pero, después, en un show en el que la cantante, mirando a Oscar con intención, se llevó el meñique y el pulgar de la mano derecha a la boca y al oído como representando un teléfono, Iris, aunque era de genio muy dulce se disgustó, hizo un mohín que revelaba su desagrado y aunque no hubo pataleta sí castigó al infractor espaciándole aún más las relaciones con lo que, el sufrido caballero,siguió con sus malos pasos. Hoy son excelentes amigos, comparten negocios y a veces se toman un par de tragos juntos, pero de aquello, nada, porque la chica está ennoviada y también es fiel.

Esas fueron las mujeres quienes con el amor endulzaron la vida de quien llegaría a cambiar tan radicalmente el comportamiento del país, entre 1980 y 1996, año en el que se dedicaría a la política activa. Oscar no se cansó de bendecirlas y una vez llegó a decir algo que, aunque sonaba muy exagerado, sí ponía de manifiesto el valor que le daba al papel que jugaron en su existencia: "-si hoy muriera – decía, antes de subir a la colina- moriría feliz, porque lo haría habiendo recibido de Dios, abundantemente y sin dobleces, el don inestimable del amor".

EL ASCENSO A LA COLINA.

Los hombres necesitan trepar a elevaciones desde las cuales miren el horizonte lejano y puedan apreciar el bosque que los árboles no dejan ver. Para Oscar esa colina que le permitiría tomar perspectivas adecuadas y desencadenar eficientemente las fuerzas de su espíritu, era el poder. La búsqueda del poder tiene, principalmente, dos caminos: la vía revolucionaria o la vía democrática. El sabía que poseía la capacidad de convicción, la sinceridad, la probidad y sobre todo la energía necesaria para que la vía electoral le fuera próspera y con la ayuda de algunos amigos, de la providencia y de su voluntad, se dirigió a la cima de esa colina. La vía revolucionaria la despreciaba por injusta ya que, la democracia colombiana es respetable, con todo y haber en ella altas cantidades de corrupción y fallarle un poco, nada más que un poco, a la justicia social porque,el ciudadano común, no puede esperar a que el estado se lo dé todo, sino, crear, como han hecho los de naciones más fuertes, sus propias oportunidades y labrarse su propio futuro, véanse los Estados Unidos de Norteamérica o Israel,en donde los estados intervienen poco para crear oportunidades de trabajo y la iniciativa la tienen los particulares . La democracia colombiana se había mantenido durante dos siglos y eso es mucho, cuando el ejemplo del resto de América Latina era de atropellos y cuartelazos. La libertad en Colombia, incluso en la suave dictadura de Rojas Pinilla,se preservó y libertad es lo más importante para el hombre ; ese cuento de pan sin libertad no lo aceptan ni en Cuba donde les ha tocado abrirse un poco porque ni pan ni libertad. ¿Qué tal los Tirofijos haciendo la dictadura de los bandidos? Never.

Conviene conocer mejor la personalidad y el carácter de Oscar para entender lo que va a venir. Se sabe que era inteligente. Un sicómetra a quien contrató la escuela militar para medir los rangos de inteligencia de los cadetes y de los oficiales encontró que el segundo puntaje más alto, entre los oficiales, era el de Oscar(con 126 puntos según una escala que consideraba que la frontera estaba entre 80 y 90, la normalidad entre 90 y 100, la inteligencia superior al término medio entre 100 y 115, la brillante entre 115 y 140 y de 140 en adelante genio). En esos campos debería estar Enrique quien era, verdaderamente muy superior. Oscar era, pues, un tipo inteligente apoyado por una sólida cultura, lo cual no era poco.

Se ha visto por sus palabras, que era honrado, las pruebas que se consiguieron sobre ello demuestran su veracidad. Admiraba el valor, el honor y la gentileza, de las dos últimas lo que se ha relatado hasta ahora da indicios de su existencia. Del valor poco se sabe. Veamos lo que se pudo averiguar sobre esto:

Siendo Sub-teniente, cuando realizaba el llamado Curso de Lanceros, que era un rudo entrenamiento que ponía al oficial en contacto con peligros reales y con las penalidades propias de una batalla, debió realizar unas prácticas llamadas "pruebas de confianza". Una de ellas consistía en treparse, caminando, no reptando, por el arco de metal que sostenía la plataforma de un puente, la viga de acero que formaba dicho arco tenía una anchura de unos 20 centímetros, por allí debería caminar el alumno hasta llegar a la parte más alta del arco, a unos cinco metros de altura de la plataforma y a unos once del río que pasaba por debajo del puente. Al llegar a la parte más alta del arco metálico el alumno debería arrojarse de allí al río, lo suficientemente profundo como para que no hubiera demasiado peligro. Sucedía que Oscar sufría de fobia a las alturas y el ascenso por el arco del puente, así, como el lanzamiento desde allí al agua, le producían un pánico muy difícil de controlar. El valor no es no sentir miedo, sino, dominarlo. Oscar lo dominó y cumplió bien con las exigencias de la prueba sin que se le notara la pavura que lo afectaba. Prestando sus servicios como instructor en el centro de capacitación militar de Popayán, en el año de 1964, cuando, con motivo de un crimen que cometió el llamado tirofijo en la población de Inzá, en donde asesinó al alcalde, a dos monjas, al policía del pueblo y a dos civiles y los hizo recortar con un machete tal como se procede con los pescados para hacer manejables sus espinas, fue llamado por el segundo comandante del centro de instrucción, un Mayor hermano de un famoso escultor colombiano, muy emprendedor pero, medio chiflado, lo interceptó cuando venía de la sección de correos de enviarle una carta a su novia y le dijo–: Váyase con estos cuarenta sub-oficiales, estos dos camiones, estos quinientos pesos y dos radios a perseguir al bandido ese de tirofijo quien acaba de asesinar unas personas en Inzá, le doy 10 minutos para que empaque lo necesario y salga, por la munición no se preocupe que ya la mandé a traer.- Oscar corrió a su habitación del casino de oficiales metió en un morral dos mudas de ropa, los útiles de aseo, dos libros y salió volando hacia el sitio de reunión. Efectivamente partió rápido, sin que se le permitiera inspeccionar a su tropa lo cual iba contra el procedimiento correcto antes de iniciar una operación militar, más, si se trataba de una persecución que es una de las más delicadas. Cuando llegó a la población de Gabriel López, situada a unos setenta kilómetros al noreste de Popayán, descubrió que la carretera se acababa allí, separándolo de Inzá una alta montaña por la que había que trepar a pie. Enterándose por el inspector de policía de la población de la geografía de la región y viendo que había una carretera, que dando un gran rodeo llegaba a una población situada a unos treinta kilómetros de Inzá, despachó los camiones hacia allá con uno de los Sargentos y se preparó a seguir a pie con el cumplimiento de la misión. Lo primero que hizo fue inspeccionar las tropas para ver con qué medios humanos y materiales contaba. En lo primero descubrió que, la mayoría de los sub-oficiales, habían sido desviados de sus ocupaciones habituales, intempestivamente. Muchos eran casados y no pudieron despedirse de sus esposas ni dejarles instrucciones o dinero, tan útiles en una situación en la que no se sabía ni cuándo ni cuántos irían a regresar. Su estado de ánimo era, entonces, más bien fúnebre, para emplear un eufemismo conveniente a la ocasión, sobre todo, cuando su jefe les dijo que la misión, sólo confiada a él por el segundo comandante, era perseguir a tirofijo, el más temido de los guerrilleros colombianos, quien, aunque hacía poco había iniciado sus fechorías ya era famoso por su excelente puntería, además, se sabía, porque el diario El tiempo lo había publicado el día anterior que, después de una emboscada a tropas del ejército en la que mató a 22 soldados, se había llevado dos ametralladoras calibre punto 30, diez mil cartuchos, dos lanzacohetes con veinte granadas y que,con una fuerza de 200 hombres, armados con fusiles M-1 quitados también al ejército, se dirigía a los Llanos Orientales por la vía de Inzá.

Bien, nada podía ser más reconfortante, en hombres el enemigo los superaba en proporción de cinco a uno y en armas, ah, las armas de la república. Eran bastante heterogéneas, unos tenían fusiles, los más carabinas y unos pocos unas un tanto inseguras sub-ametralladoras Madsen. PERO, aun siendo la mayoría de las armas, automáticas, o sea de aquellas que requieren alimentarse con unos recipientes de metal que se adosan por la parte inferior de la recámara y que se llaman muy apropiadamente: proveedores, ninguno de sus dueños, con excepción del comandante- quien, por acabar de participar en un ejercicio de alarma, venturosamente los tenía en su habitación – los llevaba. El Sargento guarda parque, ante el apremio del segundo comandante del centro de instrucción, no acertó a más que a entregárselos en bolsas de tela, de a 100 proyectiles por cabeza, tal como se lleva el maní a cine. Con ello, las armas automáticas, la gloria del adelanto armamentista de comienzos del siglo XX, se convertían en algo así como en anticuadas escopetas operables tiro a tiro. Todos los sub-oficiales eran mayores que el sub-teniente quien tenía a la sazón 19 años de edad; algunos eran sargentos veteranos con más de cuarenta calendarios y veinte años de servicio en filas. Ante esa situación, la mayoría le pidieron, casi le exigieron,con cara de pocos amigos, que se devolvieran, se equiparan bien, llevaran más hombres y que, en fin, dejaran esa locura que lo único que lograría sería ponerlos a todos en la tumba.- Nada de eso mis amigos- les dijo Oscar - con esa prepotencia e ingenuidad propias de la juventud, si algo justifica nuestra profesión es el combate y nada exime a un guerrero de luchar cuando la situación lo hace necesario, menos, la inferioridad de recursos, cuando es así,la carencia se reemplaza con iniciativa, como hizo Aníbal, el gran guerrero cartaginés (de quien la mayoría de los sub-oficiales no debería haber oído hablar) ,quien llegó a invadir el imperio romano,que tenía más de 500,000 soldados con 16.000 y lo venció,humilló e invadió por más de 17 años, sin recibir ningún auxilio de su patria. No se preocupen, yo no soy un aventurero temerario, vamos a proceder con las medidas de seguridad convenientes y les prometo que a nosotros no van a emboscarnos- Los sub-oficiales refunfuñaron bastante, pero, como Oscar llegó a Popayán precedido de la fama de haber obtenido, en el otro centro de instrucción de Melgar, el premio al mejor instructor, pues, pensaron:" este pizco no ha de ser tan bobo, sigámoslo". Y lo siguieron.- Estuvieron persiguiendo a tirofijo durante un mes- naturalmente, a pie, ya que los camiones de los que se habló eran inútiles en ese terreno carente de carreteras - por las cumbres de la cordillera oriental. Tomando guías de los indígenas paeces que habitaban esa región, se le acercaron bastante, de lejos, veían la gran columna de marcha y el Sargento Prieto, quien era campeón de tiro Panamericano, aventuraba un disparo de carabina, desde más de un kilómetro de distancia. Nunca supieron si le pegó a alguien, él o los otros Quienes, también, ensayaron tiros de suerte, lo cierto es que, cuando disparaban, el enemigo les respondía con una balacera que duraba más de cinco minutos y ellos, con la nariz entre la tierra.

...de lejos veían la gran columna de marcha y el Sargento Prieto, quien era campeón de tiro Panamericano aventuraba un disparo de carabina...

Las baterías de los radios se dañaron con la humedad y el frío de las alturas por donde transitaban con elevaciones en promedio de unos 3.800 metros sobre el nivel del mar.

El contacto con el comandante del centro de instrucción fue imposible, al fin, el Coronel Currea los divisó desde su helicóptero con el que hacía un reconocimiento de la zona, descendió, los encontró bastante astrosos y al oír el reporte del sub-teniente, se enteró de que había tenido 6.000 hombres de la brigada bajo su mando persiguiendo a tirofijo, justo por donde no estaba, sorprendido y más que frustrado al comprender que el enemigo ya era imposible de detener, le ordenó a Oscar seguir a Santander de Quilichao, en límites con el departamento del Valle del Cauca, que era la población grande más cercana, le dijo que dispondría que allí lo esperaran las volquetas.

Y al despedirlo le dijo : Bien, Teniente, nadie creería que pudiera haber llegado tan lejos .Cuando alcanzaron Santander de Quilichao habían recorrido, durante un mes, más de 300 kilómetros a campo traviesa, sin tener ni muertos ni heridos y habiendo hecho lo posible por cumplir la misión. Esa fue la única acción de combate en la que participó Oscar. No se hablará más de pruebas de valor.

Detestaba a los burócratas sin desconocer que la estructura estatal depende de ellos. Para evitar que los pequeños empleadillos se sientan monarcas con un pedacito de poder que les permita torturar al público con procedimientos innecesarios, inútiles esperas y malos tratos, le corresponde al jefe supremo exigir, del ministro para abajo que, a la gente, se le dé buena atención ya que, los funcionarios oficiales, son servidores públicos y no torturadores. Oscar se decía: si obtengo el poder esa será una de las prioridades, porque, no hay algo que haga odiar al estado más que el mal trato a los ciudadanos por parte de los burócratas. Para que un país funcione se requiere que la población se sienta amada por su gobernante y si esta responde de igual manera, la energía resultante será imparable.

Pensar así ya era comenzar a subir a la colina, pero, para que tales ideas no se conviertan en simples esperanzas hacían falta palancas. Una de ellas llegó de la mano de Justillo, quien, a pesar de ciertos celos inconfesados a sí mismo por las capacidades de Oscar, también sentía por él un poco de aprecio. Una vez, en 1991, sostuvieron esta conversación:

-Me parece que Rodríguez Gacha, se está convirtiendo en un protector de la sociedad porque mire cómo está ayudando a perseguir a los guerrilleros- dijo Justillo.

-No hombre, no diga eso, mire que si ese delincuente venciera a la guerrilla después se adueñaría del poder y qué cosa más indigna para el país puede ser que gobierne alguien así, un comerciante de narcóticos y de muerte. Toca es apoyar a un líder honrado, que en alguna parte estará, para que ponga las cosas en su sitio, alguien de la talla de López Pumarejo o del famoso líder liberal Gabriel Turbay, de Reyes, de Olaya o de los Lleras, hombres de carácter y de ideas –dijo Oscar. - Sobre todo de carácter y que ese aspecto sea el propio de varones porque esta loca que tenemos ahora es muy vulnerable a ciertas presiones,¿ me entiende?- Dijo Justillo.

-Claro que lo entiendo, aunque homosexuales valientes también los ha habido, recuerde el caso de Federico El Grande, pero este no es de esos, este es de estilo tierno –dijo Oscar.

-Ja, ja, ja. Estamos fregados con esa tendencia que con este tipo ha cogido tanta fuerza. Y que opina de los militares, sueño con un gobierno de ese tipo: serio, sin veleidades liberaloides.-

-No Justillo usted sí tiene hoy alborotado el negativismo, tenga presente que quien ha probado las mieles de la libertad ya no se resigna a perderlas, después de la Revolución Francesa es muy difícil que se acepten formas totalitarias de gobierno, vea lo que pasó en la Unión Soviética. La revolución al revés.-

-Usted, quien ha sido un buen lector de historia sabe que algunos de los mejores gobiernos que ha visto la humanidad han sido los de déspotas ilustrados y a veces de tipos no tan ilustrados, veamos, Ese que usted nombró, Federico, después de sus guerras con Austria, Inglaterra y en fin con toda Europa, recogió sus grandes cañones,que ya no los necesitaba al venir la paz, los hizo fundir y construir arados, a los veteranos ordenó que se les dieran los empleos públicos para que no estuvieran ociosos, fomentó las exportaciones y de 4 artículos que vendía Prusia antes de 1746, pasó, en 1760, a 570. ¿Se acuerda de la anécdota de los huevos?- Dijo Justillo.

-Sí, Yo la cuento en mis Quince Lecciones de Historia Militar, pero repítala que es muy grato oírla.

-Prusia, cuyas tierras eran en su mayoría muy áridas importaba casi toda su comida, por supuesto huevos de gallina. Federico dispuso, en 1761, que todos los hogares prusianos deberían criar, sin excepción, al menos una gallina ponedora. Desde esa época Prusia, hoy Alemania, no volvió a importar huevos y se convirtió en su principal productor en Europa —dijo Justillo.

-Eso es magnífico, los buenos gobiernos dependen de resolver cositas como esas —dijo Oscar.

-Y ¿Qué me dice de Juan Vicente Gómez?-

-De ese no conozco mucho, sólo se que era atropellador y que fastidió a bastantes colombianos que vivieron en Venezuela.-

-Puede ser, pero ¿no ha oído el cuento de los raponeros?-

-No, échelo.-

-Va, resulta que, Gómez, quien era bastante ignorante, poseía una filosofía natural que ya quisieran nuestros intelectuales puros tener, decía: "La pobreza no justifica robar, me gusta esa historia de un escritor francés, que me contaron porque yo no la he leído, de un tipo que se robó un pan y lo persiguieron veinte años hasta cuando lo metieron preso, vale, eso si es justicia". Y aplicando lo que pensaba hizo desaparecer ladronzuelos y ladronzotes, a los vagos los hacía trabajar en las obras públicas y a los reincidentes los hacía borrar del planeta. En Venezuela tienen un grato recuerdo de él. Los abuelos cuentan que en sus tiempos no se cerraban las puertas de las casas porque nadie robaba.-

-Bueno, me siguen gustando más los gobiernos de corte democrático, uno de los modelos es Pompeyo, quien, procediendo de allí tuvo un gobierno fuerte, las democracias no tienen por qué ser débiles.-

-O como el Fuhrer, quien subió al poder en Alemania con la más alta votación,con el 98% del electorado a su favor. Ja, ja, estos liberales no saben lo que el voto puede desencadenar.-

-Sí, pero, mire todo lo que pudo hacer Hitler con el gran apoyo popular que tenía, se dio el lujo de cometer los más grandes disparates, ¿Qué tal que el tipo hubiera sido cuerdo y no lo moviera el odio sino el amor?-

-De acuerdo, el apoyo público es clave, no ha habido mejor gobierno sobre la tierra que el que hizo Napoleón en los cuatro años del Consulado y con el apoyo de toda la gente: el código penal, el código civil, del que vienen las constituciones de 160 países, entre ellas la nuestra. El concordato, la creación del politécnico, que fue la primera universidad del mundo interesada en ciencia y tecnología; la división racional del país por departamentos iguales, lo que evitó los nacionalismos mezquinos; el mayor desarrollo industrial, el comercio alcanzó niveles de intercambio nunca vistos, hubo tal progreso y bienestar, tan excelente en todo, que no le fue nada difícil hacerse emperador. Líder, Ud. como que sueña con esas cosas, como que se le ven las ansias de poder. Y sabe y tiene ideas claras –dijo Justillo.

-Sí- sin falsas modestias- yo no sería un mal gobernante porque, a diferencia de lo que hizo Tojas Sinilla (o algunos de sus familiares), de usar el poder para facilitar el enriquecimiento ilícito de válidos y parientes yo deseo el poder es para servir, sin candideces, sin creer que los humanos son blancas palomas, un gobernante benevolente y estricto al mismo tiempo, paciente y exigente ¿Qué tal?- Dijo Oscar.

-Vale, mi General Franco, ese también fue un déspota quien gobernó bien.-

-Sí, pero, se le iba yendo la mano en las prohibiciones, eso de impedir que la gente viera películas eróticas era una solemne pendejada, no sirve para nada y sí molesta. A la gente hay que darle libertad de prensa y facilidad de diversión, si el gobierno es honrado no ha de temer el ojo vigilante de los periodistas, ellos también se dan cuenta de lo que le conviene a la mayoría. Lo que sí se debe de prohibir es el consumo de droga, los fármacos, las drogas heroicas son mucho más peligrosas que el alcohol, enferman y embrutecen casi irremediablemente, mientras el país se desarrolla debidamente hace falta un pueblo sano, que practique el deporte y que trabaje para que funcione la primera etapa de la salida del hueco. Para eso hay que disfrutar de buena salud –dijo Oscar.

-Me gustaría presentarle un amigo, Senador pereirano, quien piensa lo mismo que usted, que hace falta un líder, honradamente reconoce que aunque él tiene algunas cualidades útiles le faltan otras para ser el hombre ideal que las circunstancias requieren. Si se ponen de acuerdo puede que salga algo bueno de ahí. Yo lo llamo y le aviso –dijo Justillo.

Antes de que finalizara el año, Oscar y el Senador se entrevistaron. El acuerdo fue fácil ante la concordancia de intereses. Se habló de lo ideológico y de lo fundamental, la cuestión económica y el Senador lo puso a prueba.

El Senador pensaba que Oscar era sincero, pero cuando al preguntarle, cuánto dinero necesitaba para la realización de sus planes y contestarle éste, que U.S.3'000.000,°°, no es que se hubiera alarmado porque la cifra le pareciera excesiva, él como político sabía que una campaña presidencial cuesta más, pero cuando le dijo que ese dinero no era para propaganda ni en radio, televisión ni afiches ni vallas ni nada de lo que habitualmente se estila, nada de asesores de imagen, nada de etc., sino que se necesitaba ese dinero para organizar la guardia pretoriana y que después de que la guardia empezara a actuar y él a hablar, la campaña tradicional se la harían los medios sin costo alguno. Enmudeció. El error del Senador consistió en amoscarse y dejarse llevar del prejuicio que le impidió preguntar: ¿Qué es eso de la guardia pretoriana? Si hubiera preguntado, Oscar le hubiera explicado y se hubiera evitado la tal prueba que tantas consecuencias negativas trajo. Porque el Senador, con la conversación en el tema de la plata y oyendo en que se iba a gastar, se bloqueó, dijo–: sí, me parece bien -como por salir del paso- yo no tengo ese dinero pero lo puedo conseguir. Seguimos en contacto y en la próxima reunión le tendré respuestas precisas. La próxima reunión fue cinco años después, la demora y la prueba afectaron un poco la amistad entre Oscar y el Senador y pusieron muchas cosas en peligro.

El Senador no pudo dejar de pensar: este tipo se ve muy cuerdo y lleno de excelentes ideas, pero, ¿Cómo será para el manejo de los fondos?, yo le voy a poner una prueba porque hay que estar seguros.

La pruebita consistía, nada menos, que en poner al candidato a manejar fondos, abundantes dineros, con un carácter discrecional para examinar su capacidad empresarial y su probidad. Pero ¿Quien tiene una empresa así para que se la maneje un extraño de manera que, si sale bien magnífico y si sale mal, a fregarse? difícil. ¿Quién tiene pues ese tipo de empresas? – Obvio- Los narcos, papá, como hubieran dicho los paisanos del Senador. Sucedió que, como en toda familia hay una oveja negra, el Senador, quien era muy honrado y los fondos para la campaña no los pensaba sacar de fuentes ilegales, sí consideró utilizar estos dineros para la maldecida prueba de la que ya se ha venido hablando. La oveja negra era un primo hermano suyo, quien lo apreciaba mucho, porque el político le había salvado vida y fortuna cuando aun tenía negocios lícitos porque, en la actualidad ya había hecho tránsito a lo legal, como algunos de sus colegas prudentemente habían hecho. Dentro de los muchos bienes de su propiedad existía una de las mejor montadas fábricas de paños de Pereira, que se había usado como lavadero de dólares. En los últimos años se había resentido, igual que le sucedía a las otras industrias del ramo, por la competencia de otros países que usaban del dumping afectando las exportaciones de paños y telas colombianos y el producido de la fábrica disminuyó mucho de manera que, le era difícil justificar grandes ganancias en dólares. La meta de Oscar, si aceptaba la gerencia de la fábrica era sacarla a flote y si era posible, hacerla prosperar. A Bogotá viajó un joven economista, gerente de relaciones públicas de la empresa a entrevistarlo, hacerle el ofrecimiento y llevarlo a Pereira, iba enviado por Germán, el Presidente de la compañía textil quien a su vez era el primo descarriado del Senador. A Oscar le extrañó que de la provincia, en donde no se le conocía bien, vinieran a ofrecerle la gerencia de una empresa cuyas características ignoraba; el relacionista venía bien preparado y le dijo que lo habían conocido cuando fue a advertir a la clase dirigente de Pereira de los peligros que para la democracia significaban los manejos del gran Telisario, que les había parecido muy lúcido su discurso y creían que una persona así podría salvarlos. El salario ofrecido era 15 veces superior al que devengaba como profesor en la escuela de cadetes. Oscar le dijo al joven emisario que le halagaba mucho el ofrecimiento que revelaba una confianza monumental en sus capacidades, máxime si conocían de su ignorancia en tal industria, porque si fueran dulces, eso sería otra cosa ya que su padre había tenido una fábrica de esos alimentos. El emisario le explicó que eso no era problema pues él iba a estar muy bien asesorado en la parte técnica, que lo que les parecía bien de él era su preparación general, su buen criterio y la capacidad para tomar decisiones acertadas. Oscar objetó, además, que tenía un contrato de trabajo con la escuela de cadetes y que no estaba dispuesto a dejarlo porque realizaba un experimento pedagógico que le interesaba mucho. Pacientemente, el mensajero eliminó esa objeción diciéndole que estaba autorizado para prometerle que,todos los empleados de la fábrica tomarían dos días de descanso entre semana y laborarían sábados y domingos, requiriendo tan solo una pequeña bonificación adicional,con el propósito de que él dirigiera la fábrica durante el fin de semana. Oscar le dijo—: Hombre pero si están mal de finanzas ¿cómo es que se van a poner a pagar adicionales si todas las otras fábricas están despidiendo gente?,además, yo necesito ese tiempo para descansar, trabajo mucho, tengo alumnos de otras instituciones y cuando llega la hora de calificar exámenes son centenares de ellos- ¡No! –dijo, con una sonrisa cordial el relacionista – Usted si es muy difícil, pero déjeme decirle que, lo primero, precisamente es lo que se espera, que su buena administración consiga el dinero para lo que haga falta y sobre lo segundo, le ponemos una secretaria graduada en ciencias sociales que funciona como su asistente, le ayuda en todo y hasta le colabora a la hora de calificar, ya llamo a personal para que empiecen a buscar candidatas y le presentamos tres para que escoja una – Ja, ja, ja, ¿Qué tal? ni que yo fuera Patarroyo, claro que la propuesta es muy tentadora, pero déjeme pensarla, en tres días le doy una respuesta, ¿Le parece bien? – No, me van a pelar, don Oscar, ¿Por qué no se decide de una vez?, vea, viaja en primera clase, por la aerolínea que usted elija, sale el viernes a las siete de la noche y se regresa el domingo a la misma hora ¿Si? – No hombre, no sea tan afanado deme tres días y hablamos – Bueno – respondió el relacionista, en tres días vuelvo.

Esa noche Oscar pensó mucho y como tenía un Coronel amigo, quien era de Pereira, lo llamó y le preguntó sobre que clase de gente eran los de paños Excélsior. El Coronel le dijo: - Son muy buenas personas, conozco a un senador, de los pocos honrados que tiene este país, es primo del dueño de la empresa.

Las palabras del amigo tranquilizaron a Oscar y decidió aceptar el puesto pensando que todavía estaba joven y fuerte como para aguantar el vendaval. Eso creía. Aunque una duda le rondaba la mente–: ¿Cómo era que la propuesta no le llegó a través del Senador, su nuevo amigo, quien, además, estaba en Bogotá? – Tal vez – supuso- será una manera de compensarme por no apoyar el proyecto político. Eso es, voy a aceptar el cargo.-

A los tres días volvió el joven relacionista y con agrado recibió la respuesta positiva que Oscar le dio, llevaba los papeles del contrato de trabajo, las hojas de vida de tres lindas señoritas, recién graduadas en pedagogía, para que escogiera a su asistente y los pasajes de ida y vuelta. Oscar le dijo:

-Me encanta su eficiencia, desde ya le digo que está confirmado en el cargo, pero, no le firmo nada, primero hablaré con el Presidente de la empresa, por favor coordine la entrevista para el viernes, a las 8:30 p.m. en el mejor restaurante de Pereira, advierta que es invitación mía.-

-Muy bien Don Oscar, desea que lo acompañe el viernes en su viaje a Pereira o que su asistente lo espere allá, a propósito ¿A cuál escoge?

-No es necesario lo primero, lo segundo sí, porque llevaré abundantes exámenes para calificar, que sea esa morenita menuda de ojos lindos-

El viaje fue excelente, sin turbulencias. A las 7 y 40 p.m. estaba ya alojándose en un hotel de la cadena Meliá que resultó muy cómodo y elegante, allí, en la recepción le confirmaron que, Don Germán, tendría el gusto de encontrarlo en el restaurante del hotel a las 8 y 30 p.m. También lo esperaba la encantadora niña quien sería su asistente, muy delgada, sin curvas voluptuosas que distrajeran del trabajo, ella se presentó, se saludaron y él le entregó una maleta llena de exámenes con una propuesta de solución para calificarlos y le dijo: comienza cuanto antes, porque son muchos y largos, después de la comida estaré en mi habitación, si tienes dudas llámame, no importa la hora.

El personaje estaba dentro de lo que Oscar había esperado, más bien robusto, regular estatura, uno con setenta, tal vez un poco menos, pelo canoso, elegantemente vestido, aire de autoridad, sonrisa amable, y lo más importante: el brillo de la sinceridad en sus ojos. El apretón de manos firme y seco, la mirada directa a los ojos del interlocutor. Oscar no pudo menos de pensar, hombre, este tipo hubiera hecho un buen papel como Tai pan, en Hong Kong.

La comida de negocios amplió, con términos más precisos, lo que el gerente de relaciones públicas ya le había dicho a Oscar, Germán no admitió que el puesto se lo hubiera palanqueado su primo con quien, dijo, no se hablaba desde hacía cuatro meses cuando había ido a Pereira a correría política. Entonces la charla derivó hacia aspectos personales. Oscar no ocultó nada y vio con satisfacción que sus prácticas pedagógicas complacían a su interlocutor quien le manifestó que sentía por los maestros un respeto muy especial y procedió a contar anécdotas de su vida escolar. De él le relató que había recibido la fábrica como herencia de su padre quien había muerto hacía cuatro años, le explicó los altibajos económicos de la empresa y le habló de sus otros negocios en ganado vacuno y siembra de café. No bebía mucho, ventaja le llevaba Oscar, quien, se sentía muy orgulloso de no haberse emborrachado en toda su vida, pese a que en ocasiones bebía bastante. Hablaron de sus familias, Germán le contó que estaba casado, tenía dos hijos, hombre y mujer, de 19 y 21 años respectivamente, que la niña estudiaba en Londres, Medicina y que el joven lo hacía en la Universidad de La Tabana de Bogotá, la carrera de Derecho

...El apretón de manos firme y seco, la mirada directa a los ojos del interlocutor...

Oscar le manifestó sus reservas sobre la universidad de La Tabana así como de las otras que había en el país, que se caracterizaban por la falta de exigencia y por ser más verdaderos negocios que otra cosa. Germán le confesó que el chico no había salido muy hábil para el estudio y que con el examen de Icfes tan bajo que logró, La Tabana fue lo mejor que le pudo conseguir. Oscar le contó que era separado y allí vinieron unas reflexiones y consejos de su interlocutor en torno al matrimonio advirtiéndole que, para un soltero, era difícil hacer una decorosa vida social. Oscar prometió revisar el asunto y como por aquel tiempo mantenía una buena relación con Elisa, pues, pensó que ese sería un buen prospecto; a propósito de Elisa, se acordó del zafarrancho que le formó por no haberla llevado a Pereira y le entraron serias dudas sobre lo que había pensado unos instantes atrás. Se prometió llevarla en el próximo viaje.

Más o menos agotado el tema de lo personal volvieron a lo de la empresa. Germán le dijo que el sub-gerente manejaría la fábrica lunes, jueves y viernes cumpliendo las instrucciones que él le dejara porque, martes y miércoles serían de descanso para los empleados. El negocio de paños es fácil, porque los grandes comerciantes del mundo aprecian la calidad de las lanas colombianas y que si no fuera por el dumping que practicaban Australia y Argentina, las exportaciones colombianas volverían a ser muy fuertes en Europa y en los Estados Unidos. Que sus telares eran de los modelos más modernos que se consiguen en el mundo y que cualquier duda se la preguntara a él o al sub-gerente –Y, entonces, con esos empleados tan buenos ¿Para qué me necesitan? –dijo Oscar– porque si fueran tan buenos no se hubieran dejado bajar del mercado, además la pepa que sé que usted tiene no la posee ninguno de ellos.- Rieron bastante, nacía una amistad y se hubiera fortalecido si no hubiera sido por lo que pasó y por lo que supo Oscar después. A la hora de pagar no permitió que Germán se hiciera cargo de la cuenta y la cubrió con su tarjeta de crédito que, aunque estaba holgada, sintió el impacto de una cena costosa con dos botellas de buen vino francés con certificación de origen.

Al despedirse Germán le dijo: - No te comprometas para mañana por la noche, te espero en la casa, a las 8, para una comida con mi esposa. Envío uno de mis vehículos a recogerte.-

Una vez en su alcoba, a las once de la noche, porque la cena duró mas de dos horas, recibió una llamada de Lucila, que así se llamaba su asistente, quien le dijo: - Don Oscar, he estado leyendo los exámenes de sus alumnos, con los de teoría política no hay demasiados problemas porque el análisis que usted les pidió y con la guía que me dejó no hay mucho margen para equivocarme, pero en los trabajos de Historia Militar si que hay problemas, esos muchachos no se refieren casi nada a lo que usted pregunta – Sí, Lucila, esos chicos han sido mi calvario, se les dificulta bastante el pensamiento lógico. Póngales sin temor la nota que se merezcan que yo tengo un sistema para ayudarles de manera que no se rajen. Nos vemos a las 12: 30 de mañana en la cafetería de la empresa, almorzamos allí y revisamos lo que usted hizo- Y será Don Oscar- dijo Lucila - que, siendo sábado,¿ puedo llevar a mi novio para no dejarlo solito?-

-No señorita, recuerde que su horario de trabajo es: lunes, jueves, viernes, sábado y domingo, de 8 a.m. a 5p.m.y los viernes hasta media noche porque, al otro día, debo revisar su labor. El martes y el miércoles se puede dedicar a su novio, además este no es un almuerzo social sino de trabajo -

-Cierto, Don Oscar, que vergüenza me da por haberle dicho eso. Allí estaré a las doce y media sin compañía-

-Muy bien, no se preocupe. Sabe, me gusta esa costumbre que tienen ustedes de llamarlo a uno don, ese es un muy bello apelativo de Castilla, la madre patria y no el "doctor" que suena un poco absurdo cuando a quien se le llama así no es médico. En Bogotá todos somos doctores.-

La revisión de los exámenes reveló que Lucila tenía muy buen criterio ya que no debió modificar sus calificaciones y

Oscar pensó: - Esta muchacha salió mejor de lo que pensaba, voy a ensayarla en otro campo-

Lucila –le dijo– ¿Manejas internet? – Por supuesto – contestó Lucila – entonces, por ese medio o por línea telefónica regular vas a averiguar con la ONU y la OEA cual es el procedimiento para solicitar su intervención en caso de dumping contra un país, llama al Ministerio de Relaciones Exteriores y al de Comercio Exterior para saber que han hecho en ese sentido. Cuando tengas esa información preparas unos borradores de cartas para las entidades pertinentes en solicitud de su intervención. También alistas un viaje a Nueva York y otro a Washington para que, sobre el terreno, veas cual es el preciso tipo de lobby que debe hacerse para que el asunto camine, además, ¿Cómo está tu inglés? – de lo más bien – Bueno, también, llama a Bogotá, en las páginas amarillas del directorio telefónico ofrecen sus servicios compañías especializadas en comercio exterior, consigue la mejor y que te asesoren en esto. Esa es la tarea para el próximo viernes, menos los viajes, de eso hablamos ese día para juzgar si son necesarios, de todas maneras prepáralos, como la empresa tiene visa con Estados Unidos para asuntos comerciales averigua lo que ha de hacerse para que viaje un representante y no el dueño de la compañía.-

El sábado lo pasó hablando con el sub-gerente, un hombre de unos 45 años que se veía conocedor de su oficio. Le pareció un poco frío y rutinario, pero, capaz de cumplir con las órdenes que se le dieran. Se enteró de que la fábrica era una de las pocas en el país que se dedicaba, primordialmente, a la exportación, descuidando el mercado interno que era muy grande, revisó la calidad de los paños y aceptó que el nombre, Excélsior, correspondía a su finura, resistencia y flexibilidad, condiciones que, en los paños, marcan la diferencia en el precio y en el interés de los compradores. Se enteró de que los proveedores de lanas eran un poco inestables ya que ofrecían sus productos a precios variables dependiendo de lo que eran unas especies de cosechas. Una buena oveja de lana podía ser esquilada hasta tres veces en el año, dependiendo esto del clima y de la alimentación que se le diera. Si hacía menos calor, la oveja producía más lana lo mismo que si su alimentación era rica en proteínas; si los precios de los concentrados, que constituían el suplemento alimenticio, subían, los laneros dejaban que sus ovejas dependieran para su alimentación de ramonear en los oteros y si además, la temperatura era predominantemente alta y faltaba el agua pues, solo se producía una "cosecha" con lo que, la lana, escaseaba y curiosamente, cuando su calidad era inferior, los proveedores pedían y obtenían más dinero por ella. Ante eso ordenó al sub-gerente que, explorara el mercado de fincas ovejeras en busca de una que produjera unas 2000 toneladas al año, debería ser una estancia grande con no menos de 30.000 ovejas y una superficie de unas 1000 hectáreas. El sub puso cara de extrañeza y dijo: - Como se ve que don Oscar no conoce el mercado de la lana. Muy raro es el lanero que tiene un terreno de más de 200 hectáreas. -Pues claro que no conozco el dichoso mercado, pero, el sentido común me dice que muchos de esos laneros pueden tener problemas económicos y desearán vender sus ovejas. Averigüe y tráigame cotizaciones de fincas que ojalá queden cerca unas de otras y que tengan precios por debajo del promedio. Esa es su tarea para el próximo viernes. Al encargado de mercadeo y publicidad le preguntó cómo hacían para promover las ventas de sus productos. El encargado no era él sino ella, se trataba de una rubia alta, bonita, parecía una norteamericana Wasp, había estudiado lo de su oficio en una universidad de México, era seria y brillaba en sus ojos la luz del entendimiento. Le dio un informe completo sobre propaganda real y virtual, la manera como se manejaban los consulados de Colombia en Europa y E.E.U.U., para que ofrecieran sus productos. Que revistas de esos países tenían su propaganda, inclusive, programas de televisión y le mostró las cuentas de su departamento y advirtió que eran bastante altas. Le dijo que las páginas de Internet empezaban a ser recursos útiles de publicidad. Oscar le preguntó por qué no le hablaba de la actividad para ofrecer el producto en Colombia y ella le dijo que ese no era un mercado explorado. – Pues lo exploraremos –dijo Oscar – toma contacto con las agencias nacionales y el próximo viernes me hablas de precios, mensajes, medios, estilos de la propaganda que utilizaremos, etc. Ingrid le dijo: - Don Oscar, yo ya tengo montado un plan de propaganda para Colombia que, desde que ocupé mi cargo el año pasado, lo considero una opción para cuando los paños Excélsior deseen competir con el mercado local. A Don Germán le pareció muy bueno, pero, no dejó ejecutarlo.- Esta noche como estaré en su casa averiguaré sobre eso, háblame del plan-dijo Oscar.

La casa a la que lo llevaron en un flamante Jaguar del 80 era muy bella, construida en estilo moderno, algo que sería llamado, después de que apareciera: racional americano. El arquitecto de "El Manantial" se hubiera admirado de verla, tan bien hecha y diseñada en un país subdesarrollado como Colombia.

Se erguía la construcción en un lote de unas cuatro hectáreas, rodeada de una zona de prado y arbustos diseñada por un jardinero japonés. Tan bien distribuida la vegetación que parecía natural, pero, bellísima. La planta de la casa era más o menos rectangular, de tres pisos, el primero y el segundo con unos voladizos planos que ocultaban su excentricidad respecto del de más abajo y que, además, servían como terrazas, más para dar perspectiva que para utilizarlas como área de paseo, porque, no tenía barandas; al menos, no para andar de noche. Las fachadas estaban hechas en una mezcla de ladrillo y concreto a la vista, predominando este último. Era como había dicho Le Corbusier, el triunfo del acero y del cemento sobre la gravedad. La casa carecía de columnas, en su flanco derecho, por entre rocas conseguidas de rudo aspecto y arbustos, había una cascada que golpeaba, entre varios niveles, la fuerza de una corriente limpia y sonora. Próximos al centro del techo y notables desde la fachada ascendían los largos tubos de dos chimeneas de formas cuadrangulares y no redondas que, aunque la casa quedaba hacia una de las partes más altas de la ciudad, no hacía el frío suficiente para usarlas, aunque, su dueño afirmara que, en diciembre, bajaba la temperatura en las noches y las prendían. Todos los costados de la casa tenían ante sí, salvo en el espacio destinado a las puertas, jardineras de cemento de diferentes niveles que daban un adorno perfecto y suavizaban la dureza de la forma rectangular de la planta. Grandes ventanales dotados con persianas para que armonizaran con el estilo de la casa. Cada planta tenía unos 300 metros de área construida con lo que, la totalidad daba unos 1000 , eso la convertía en una mansión – al menos para el medio colombiano - con una amplia avenida de acceso, con su perímetro cercado con un alto muro de piedra y adobe coronado de una serpentina de alambre de acero con estiletes del mismo material muy afilados, en suma, una mansión y una fortaleza, porque, a la entrada había dos vigilantes armados y uno más hacía la ronda provisto de una radio y acompañado de un bastante crecidito perro doberman. En sus garajes descansaban seis automóviles y había espacio para cuatro más. Al interior de la vivienda existía una habitación en donde, otro vigilante, se cuidaba de un monitor con varias pantallas de televisión a las que asistían dispositivos de circuito cerrado. Esto no era visto por los huéspedes habituales de la casa, pero, Germán, advirtiendo el gran interés que Oscar tenía por la arquitectura, se la mostró con todo detalle dándole, además, una muestra de la confianza que por él sentía. La señora de la casa, doña Francia Arbeláez Papagos, era una mujer muy atractiva; no muy alta, pelo castaño llevado corto a la manera como lo usaba Lana Turner. Apareció con un vestido de los años cincuenta a los que se llamaba cohete, consistía en una prenda enteriza, ceñida al cuerpo, con cuello alto y mangas largas, de tejido delgado lo que resaltaba estupendamente las curvas perfectas de la mujer. La falda iba a media pantorrilla y Oscar casi enmudece al advertir que el vestido, azul claro, era muy similar al que le viera a Diana 34 años atrás. Cuando se recuperó, lo cual fue fácil porque, pues, no era Diana, quien para estos días debería tener unos 64 años de edad y la dama en cuestión no pasaba de los 35, Oscar, la saludó con corrección y cordialidad haciendo ella lo mismo. Después de que Germán le enseñara la vivienda, por la que se sentía muy orgulloso, le confesó que el arquitecto no era ningún gringo o europeo traído ex profeso para que la hiciera sino, un muchacho pereirano, muy despierto, quien había sido alumno de Salmona. Hechos los cumplidos apropiados a las circunstancias se sentaron a la mesa a donde, un mayordomo, ataviado con una prenda llamada liqui liqui, que es un atuendo caribeño compuesto por una camisa blanca adornada con pliegues, llamada guayabera, con pantalones y zapatos también blancos les llevó unos aperitivos consistentes en copas de jerez.- Esto es algo que aprendí en Europa, no dar aperitivos de licores fuertes, pero, si prefieres un martini o un wisky, te lo mando traer de inmediato- dijo Germán. – No, así está bien -respondió Oscar quien gustaba del jerez. Se comió como en los mejores restaurantes franceses, nada de fríjoles con lo demás de la bandeja paisa, la entrada fueron unos vol-au-vents de perdiz, deliciosos y el plato fuerte, unas lonchas de jamón serrano acompañadas con antipasto y una salsa que no pudo saber de que era porque, aunque el menú estaba escrito al lado de la servilleta, por ir en francés, no descifró bien de lo que se trataba. Eso y el postre estaban insuperables y de beber, un vino francés o español con cada plato. La conversación giró alrededor de la casa, por la que Oscar continuaba muy interesado, les preguntó en dónde habían conseguido los muebles de estilo jugendstil y se le dijo que parte en Europa y parte en Bogotá en donde había excelentes artesanos y almacenes de la madera.

En la decoración los cuadros tenían una estrella: una figura de Degas del genero de las bailarinas de ballet, original y bien conservada; algún Grau, que no pareció a Oscar bien, un Rojas y dos de los hermanos Cárdenas con los que, los dueños de casa, evidenciaron su gusto superior. Después, hablaron de música preguntando el anfitrión a su invitado cuáles eran sus preferencias, Oscar fue sincero y desbocándose un poquito, porque ese era uno de sus temas favoritos, les dijo—: Yo no se nada de música, desconozco las leyes del solfeo y demás temas de la técnica musical, pero, se lo que me agrada y entre mis preferidos está la famosa trilogía,en este orden: Bach, Beethoven y Mozart, acompañados no muy cerca por Tchaikovsky, Haydn, Verdi, Chopin y otros que en este momento no llegan a mi memoria. Disfruto también de la buena música popular como es la referida al tango, la ranchera y el jazz. En Colombia mis preferidos son Guillermo Buitrago, Escalona y Jorge Villamil, tal vez Peñalosa, el del garabato.- ¡Qué maravilla, tenemos casi los mismos gustos!- dijo Francia- a mi esposo y a mí nos encantan los que usted nombró aunque yo agregaría a Berlioz y mi esposo a Debussy, en lo popular los cantos alpinos y la música chilena, la cueca.-Aquí sí tocó aplaudir- dijo Oscar, porque, tantos talentos reunidos en una pareja no son frecuentes. ¿Es griego el apellido Papagos? – Sí- dijo Germán, quien, sin explicar por qué, decidió responder una pregunta, obviamente dirigida a su esposa – Su bisabuelo fue un héroe griego de la guerra, la Segunda Guerra Mundial. Su padre, colombiano se casó con una griega nieta del héroe, viven en Europa y nos han ayudado mucho en nuestros negocios- Francia, sin dar muestras de incomodidad ante la intervención de Germán puso una amable e inescrutable sonrisa en sus labios.

Oscar anotó en su mente (profundizar en lo del parentesco griego) y siguió la conversación como si nada le hubiera sorprendido. Después, se habló de los ancestros antioqueños de Germán y con esto terminó una velada muy agradable.

Cuando Germán lo llevaba al vehículo que lo retornaría al hotel le dijo–: Estoy muy gratamente sorprendido con la forma como asumió su cargo, ya me dijeron que es usted como una locomotora, que se las está viendo con asuntos capitales en los que yo había pensado tangencialmente porque no me había atrevido a enfrentarlos. – Y ya en tono menor–: solamente te pido que dejes a un lado lo de la distribución de nuestros paños en Colombia - ¿Por qué? – Respondió Oscar- Por el rostro de Germán, nada acostumbrado a que se pusieran en duda sus decisiones, pasó una sombra de ira a la que no dejó concretar y después de unos instantes, durante los que miró fijamente a Oscar, le dijo: -Bueno- soltó un suspiro y puso cara de resignación- sigue adelante con ese proyecto – Oscar no hizo ningún comentario, se despidió y se fue.

El día domingo lo dedicó a conocer mejor la factoría. Era enorme: unos 80.000 metros cuadrados de bodegas e instalaciones fabriles aptas para producir y almacenar centenares de toneladas de materias primas, lana, tintes,, mordientes, repuestos para los telares y los vehículos necesarios para mover semejante universo, así, como millones de yardas de paño con los que se vestirían los más elegantes hombres y mujeres del mundo. Algunos de sus paños tal vez llegaran a Valentino o a Versace para ser convertidos en obras de arte, tal vez algunos colombianos adinerados los adquirieran en Nueva York, pensando que eran finas producciones inglesas. Los 1.900 empleados se veían satisfechos, una de las pruebas de ello era que no habían organizado sindicato, se les veía trabajando con orden y laboriosidad. Al hablar con el jefe de personal se informó de que, los aumentos salariales de cada año, estaban bastante por encima de los decretados por el gobierno. Todo le parecía bien a Oscar, lo único que no había resuelto era la renuncia de Germán a vender sus productos en el mercado colombiano dejando libre a la competencia que no podría enfrentarse a la calidad inigualable de sus paños – Ya me enteraré- pensó- lo mismo que del parentesco griego de Francia.- El domingo volvió a Bogotá y continuó con su rutina de maestro.

El viernes, al llegar a Pereira encontró a Lucila esperándolo en el hotel, le entregó más exámenes y le pidió que lo acompañara a comer mientras hablaban. Ella se contentó con una soda porque ya había cenado y así le quedó más fácil llevar el hilo de la conversación. Le dijo de sus pesquisas que, la Onu, se podría encargar de una demanda de intervención por Dumping, pero que su capacidad de respuesta era bastante lenta. Esa sería la instancia para el caso de Australia aunque averiguó que, el daño más fuerte, le venía a la fábrica del dumping producido por Brasil y Argentina, grandes fabricantes latinoamericanos de paño de lana. Que la instancia ante ellos era Mercosur y que la vía era a través del Ministerio de Comercio Exterior. Le presentó un par de cartas como propuestas para tratar con esas entidades, advirtiéndole, que era muy posible que tuvieran éxito ya que, había hablado con un funcionario de comercio exterior quien le dijo que, como ninguno de los productores de paño de lana se había quejado de los efectos negativos del dumping en sus negocios, pues, ellos no habían hecho nada, pero, sabiendo lo que ella le dijo, después de que le mandara la carta pertinente, con mucho gusto ayudarían porque les interesaban mucho las exportaciones, tanto, que hasta exenciones en impuestos había para los que trajeran divisas al país. Oscar, feliz con la gestión, le firmó las cartas y le dijo–: Quiero que las lleves personalmente a Bogotá y te quedes allá hasta que haya resultados, tu misión es hacer lobby tanto en el Ministerio de Comercio Exterior como en Mercosur y volverlos locos hasta que produzcan algo favorable a nosotros. Dime, ¿te sirvió de algo la agencia de comercio internacional y otra cosa, tienes familia en Bogotá o prefieres alojarte en un hotel? El viernes a las 5 p.m. te espero en mi apartamento de Bogotá para entregarte los exámenes de la semana, mi dirección es...-Lucila respondió: - Muy bien Don Oscar, la oficina de asesores no me fue muy útil, no porque no fuera eficiente sino porque, en el Ministerio de Comercio Exterior, están con las pilas puestas para colaborarle a todo el que esté interesado en vender manufacturas fuera del país. Sí, tengo a una tía quien vive sola en Bogotá y estará contenta de que la acompañe, si se aburre conmigo me voy a un hotel.-

Con el sub-gerente fue igualmente satisfactoria la reunión, había conseguido fincas muy convenientes, capaces de producir en el año más de 2000 toneladas de lana lo único, un poco problemático era su alto costo, unos $15.000.000.000 lo que, al cambio del dólar, serían unos U.S.25 millones. –Caramba- dijo Oscar, quien, aunque había manejado cifras bastante grandes cuando fue Director de la Universidad Militar y Jefe de Pensionados del Ministerio de Defensa, no estaba familiarizado con tales guarismos en dólares- ¿Por qué hace la cuenta en dólares?- le preguntó al sub-gerente – Porque el régimen de nuestra economía, la de la empresa, es en dólares, debido a que manejamos principalmente exportaciones. Como no estoy autorizado a realizar una inversión de tal naturaleza no la terminé, se requiere la autorización de don Germán. – Yo hablaré con él y después me comunico con usted y con el contador –dijo Oscar.

A don Germán le presentó un informe en donde se reflejaba el impacto de la inversión en la estabilidad de los precios de las lanas, muy favorable por cuanto con esa gran reserva no podrían ser presionados por los laneros para obtener precios muy altos valiéndose de las circunstancias de escasez, que las tierras se consiguieron caras, pero, poseían muy buen riego y eso garantizaría la buena producción durante todo el año, además, se había obtenido crédito para la compra con una corporación de ahorro y vivienda, a diez años,lo cual sería fácil de pagar por cuanto, según las proyecciones que se han hecho respecto del desarrollo del mercado nacional e internacional de nuestros paños de lana, la inversión se recuperaría en dos años. Al revisar los balances de la empresa vio que no tenían ni en reservas ni en capital el valor de la cuota inicial de la compra, que, al ser del 30% representa $4.500'000.000 ¿Cómo se podría hacer la transacción, entonces?

-La compañía,que es una sociedad limitada a mi nombre y al de mi esposa, traslada a un fideicomiso la mayor parte de las utilidades, por eso, tales dineros no aparecen en los balances sino como salidas bajo la forma de destinación de pérdidas y ganancias.- Aclaró Germán.

-Entiendo- Dijo Oscar- pero eso no es muy legal, porque al descapitalizar la compañía no habría con que responderle a los empleados y a otros acreedores en caso de dificultades financieras.-

-Sí, tienes razón, pero como los activos de la fábrica son tan grandes y mis propiedades también, siempre habría con que responder, finaliza la compra y envíame al contador para darle las autorizaciones que le permitan retirar del fideicomiso la cantidad requerida.-

-O.k., gracias Don Germán por su confianza.-

-Gracias a ti, Oscar, por la ayuda que tu vinculación con la empresa significa.-

El tiempo fue pasando y gracias a las gestiones de Oscar que lograron mejorar las ventas en el extranjero en un 400% y a la buena suerte, al coincidir la disminución del dumping con una sequía en la zona ovejera del Brasil, con lo que, el mercado mundial, pudo ser abastecido eficazmente por Paños Excélsior y las otras empresas distribuidoras del exterior. El mercado colombiano también fue satisfactoriamente provisto dándose compras enormes debido a la casi eliminación de la competencia de paños ingleses, vendidos en el país por un conocido importador, quien no pudo enfrentarse a la calidad y a los bajos precios de paños Excélsior. Germán y el Senador, principalmente, estaban muy contentos con la prueba que Oscar estaba sorteando de tan sobresaliente manera y no había vuelto, el Senador, a hablar con él porque aún estaba muy lejos el tiempo para iniciar una campaña presidencial.

Para Oscar, la empresa era un dechado de eficiencia y honradez, salvo los no muy ortodoxos traslados de utilidades al fideicomiso, pero como en el reglamento de la empresa, aprobado por la Dian y la Cámara de Comercio estaba autorizado tal manejo, se tranquilizó por las consecuencias legales que tal asunto pudiera tener.

Otras fuerzas, sin embargo, se movían por debajo de lo aparente, sin que Oscar se enterara de su gravedad.

Muy apreciado por los empleados, de cuyo bienestar y entrenamiento estaba muy pendiente, le hubiera sido fácil conseguir un confidente que le hablara de los aspectos para él desconocidos de la empresa, pero, siendo leal y agradecido, sabía que no se debe espiar al amigo y dejó de lado tales ideas. Tampoco fue informado oficiosamente por ninguno de los empleados porque, en Pereira, era conocida la severidad con la que Germán trataba a los subalternos desleales, despidos fulminantes y cierre de puertas en las otras empresas de la ciudad, a los funcionarios de Germán que fueran retirados de mala manera. Así, no se enteró de que los martes y los miércoles cuando la fábrica, supuestamente, estaba cerrada, eran introducidos a ella ciertos bultos muy bien sellados y empaquetados que contenían cocaína, para ser enviada, unas veces con los paños y otras por otros canales, a satisfacer la demanda internacional. Sin embargo, un día, cuando sus alumnos habían salido a vacaciones de mitad de año y era martes, Oscar viajó a Pereira a visitar la fábrica y resolver unos asuntos urgentes que durante el fin de semana anterior no había podido arreglar. Llamó a Lucila le dijo que lo esperara en su hotel a las 9 de la mañana y de allí partirían para la fábrica, Como Lucila no era antigua empleada de paños Excélsior y tampoco conocía los manejos turbios con los que se comprometía a una empresa que ganaba tanto como lo producido por una de las conocidas y muy rentables actividades ilícitas que se practicaban en Colombia, vale decir : el narcotráfico, el secuestro y la extorsión, llevadas adelante por grupos guerrilleros y de delincuencia común muy bien organizados, que parecía tan correcta en todo, no avisó a nadie de la visita no programada de Oscar. En la fábrica, fuera de los celadores, no había nadie, pero, como cerca de una de las bodegas advirtió Oscar el movimiento de un montacargas, por simple curiosidad, envió desde la oficina de la gerencia a Lucila a averiguar de que se trataba mientras él iba mirando unos documentos que requerían su revisión. Lucila, al cabo de unos 15 minutos, volvió con seria expresión en el rostro, ella, quien de ordinario era sonriente. -Don Oscar- le dijo- en ese montacargas llevaban una caja de unos 200 kilos de peso, que movían hacia el fondo de la bodega, me extrañó que lo operaba don Carlos, el Sub-gerente y quien, cuando me vio, se puso nervioso y me dijo—: Usted que hace aquí Lucila, pues ¿no es hoy uno de sus días libres?- Sí,- le dije,- es que vine a atender a Don Oscar quien llegó hoy de Bogotá a resolver unos asuntos- Ahí si se puso muy alterado Don Carlos, pálido y temblándole la mano llamó por su celular a doña Francia y me pidió que saliera, que debía cerrar la bodega. Eso hice y aquí estoy.-

Más extrañado no pudo quedar Oscar ante la información, máxime cuando ya se había enterado, por averiguaciones que hizo en Bogotá, que algunos griegos descendientes del Papagos heroico, se dedicaban, ahora, al comercio de drogas en Europa, pero, como revisados los antecedentes de Francia en el Departamento Administrativo de Seguridad y no hallándosele cargo alguno y llamado también al Coronel amigo oriundo de Pereira, quien le volvió a ratificar la solvencia social de la familia de Germán, pues, se tranquilizó pensando que, hoy por hoy, es muy difícil no tener algún pariente untado en cosas del narcotráfico.

...Se miraron por largo tiempo, como midiendo fuerzas aunque, la verdad era que Oscar estaba tranquilo y paciente y no hablaron...

Mandó a llamar con la misma Lucila a Carlos y este se presentó en su despacho muy intranquilo y ante las preguntas de Oscar sobre qué contenía la caja de marras, él contestaba—: Que le perdonara pero que no podía responderle nada, que Francia ya venía para acá a hablar con él. -¿ Y por qué no llamó a Germán, no le parece que los asuntos de la fábrica los debe atender su presidente y no su esposa? – Sí don Oscar, le hallo la razón, pero, no le puedo decir más y ya viene doña Francia a hablar con usted, por favor, discúlpeme si no le digo más. A poco llegó la patrona, elegantemente vestida, aunque, sin maquillarse ni especialmente bien peinada. – Perdonarás mi presencia así, tan desaliñada Oscar, le dijo, pero es que mi día comienza a las diez, cuando me llamó Carlos apenas estaba terminando de bañarme y como el asunto es urgente me vine como ves.- No se inquiete, Francia- le dijo Oscar, a quien ella había pedido que no la tratara con formalidad .- Usted se ve igual de bien, maquillada o no.- Gracias —dijo con un ligerísimo aire de coquetería que cualquiera, que no fuera Oscar, hubiera ignorado- veo que contigo me podré entender, si te parece, podemos pedirle a Carlos que nos espere en la sala de recibo mientras hablamos.-
-De acuerdo- dijo Oscar.
Francia iba vestida con blusa y pantalón de manera que, el cruce de piernas que hizo al sentarse en una de las sillas frente al escritorio del gerente, fue de lo más correcto. Se miraron por largo tiempo, como midiendo fuerzas aunque, la verdad era que Oscar estaba tranquilo y paciente y no hablaron. Al fin, la patrona dijo—: No me voy a poner con cuentos contigo porque no eres persona fácil de engañar. Lo que guardaron en el almacén era una caja de cocaína con destino al golfo de México, allí una embarcación la recogería y la introduciría cerca de la frontera con Texas. Ni siquiera es nuestra- dijo con un suave gesto de desdén.- Te pido que no le comentes del incidente a Germán. Él ha tratado de mantener la fábrica ajena a estas cosas. Yo estoy metida hasta el cuello, los negocios

de la familia son eso: drogas y yo tengo relaciones con todas las organizaciones fuertes del ramo en el país. El gobierno no se ha metido con nosotros porque damos muy buenos sobornos a todo nivel, funcionarios, policías, militares, etc. Si quisieras algo te lo ofrecería, pero tienes la maldición de la honradez en tu alma. Sé que te gustan las mujeres, pero, no soy lo suficientemente bella como para pagarte el precio. – Y siguió otro significativo silencio que al fin rompió Oscar: - Si decides matarme no te será difícil, un daño en el automóvil del gerente (Oscar disponía de un mazda 626 blindado), un tiro al cruzar la calle, sicarios en moto, tú misma puedes dispararme aquí, si traes un arma, pero deberás hacerlo rápido porque en este momento iniciaré una grabación con copias dirigidas a la fiscalía, al Procurador, a la Presidencia de la República y la más importante a la Embajada de los E.E.U.U., además, yo estoy armado y si me atacas creo que, a pesar de que soy un caballero, te dispararé- Francia cambió ligeramente de color, de sonrosado pasó a un pálido no muy blanco, tenía presencia de ánimo la dama. Con pausado ademán se levantó de la silla y dijo–: Bueno, has puesto las cartas claramente boca arriba, apresúrate tu también porque creo que mis sicarios son bastante rápidos, adiós- Lucila, quien, después de llamar a Carlos, se había retirado discretamente a un reservado que había detrás del despacho del gerente, a esperar órdenes de su jefe, aterrorizada, escuchó la conversación entre Oscar y Francia y como era una chica valiente, quien lo apreciaba mucho, salió corriendo de la oficina a buscar a Don Germán, él se encontraba en su oficina privada en el costado opuesto de la fábrica respecto del lugar en donde Oscar tenía su despacho. Carlos desde la sala de recibo, también alcanzó a oír algo, lo suficiente como para poner pies en polvorosa y perderse de allí. Oscar muy preocupado prendió la grabadora y empezó su relato, simultáneamente marcó el número de la oficina del comandante del batallón del Ejército que había en Pereira y afortunadamente pudo hablar con él, aunque estaba presidiendo una reunión de la plana mayor. Se trataba de un antiguo alumno, que por haber sido un aprovechado e inteligente estudiante, lo estimaba; le resumió lo esencial y le pidió que le enviara algunos soldados para protegerlo. –No, mi Mayor, yo mismo voy para allá, yo ya tenía sospechas sobre esa vieja: ¡Capitán Ramírez ¡... fue lo último que oyó Oscar antes de colgar. Sacó su revólver, un Smith & Wesson del 32, con cañón recortado, arma muy mortífera entre 0 y 20 metros, rango dentro del cual Oscar era un buen tirador, pues, mantenía su arma limpia y practicaba con frecuencia en el polígono de la escuela de cadetes. Llenó un casete con lo esencial y lo estaba duplicando, empleando las copias vírgenes que Lucila siempre le tenía en la oficina para que le dejara grabadas las instrucciones que tuviera para ella. Llegaron al tiempo los sicarios y Germán, ellos eran muy jóvenes, delgados, pasarían inadvertidos en cualquier lugar, tenían porte de estudiantes, pero, en vez de libros llevaban en sus manos armas poderosas, uno empuñaba una miniuzi, el otro una pistola de nueve milímetros con capacidad para nueve balas. Oscar tomó su revólver, Germán se les interpuso y uno de ellos le dijo: - Apártese don Germán, nosotros no queremos hacerle daño pero si se nos opone le damos también- pues, con esta escopeta me llevo por lo menos a uno- dijo Germán y levantó su arma (se trataba de una escopeta de repetición, calibre 12 con cañón recortado, indudablemente un arma muy temible) pero, fue poco rápido porque, uno de los sicarios, el de la pistola, le disparó dos tiros en la cabeza sin darle tiempo de reaccionar, al caer Germán despejó el campo de tiro y Oscar disparó, dándole al de la pistola en el pecho y al de la uzi en la ingle, ambos se desplomaron pero, el de la uzi, disparó una ráfaga contra Oscar quien, ya volcaba la pesada mesa de roble que era su escritorio y se protegía de los tiros, al ir al suelo, uno de los proyectiles le perforó una oreja. Eran profesionales y tenían una puntería excelente. En ese momento llegó un campero del batallón, en donde venían: el otro Coronel amigo de Oscar y tres militares más, detrás, lo hacía un camioncito con catorce soldados, bien armados. Francia esperaba el desarrollo de los acontecimientos sentada al volante de su BMW, no llevaba a su chofer y no había visto venir a Germán hacia la oficina porque, el edificio, tapaba la ruta por donde este se movió desde su despacho al de Oscar, de manera que no sabía lo que estaba pasando y pensaba que a esta hora, Oscar, había ya dejado de existir. Pero, no estaba segura y decidió retardar la llegada del ejército a la oficina realizando algo extremo, puso en marcha el vehículo y con el acelerador pisado a fondo envistió al camión, los dos autos colisionaron violentamente, el carro de Francia, que usaba combustible diesel, no ardió pero el motor del camión, que era de gasolina, explotó.

El blindaje del carro de Francia la salvó de morir, se bajó del vehículo disparando contra los del campero un revolver calibre 38, porque, comprendió que, después de la embarrada del choque, las opciones que le quedaban eran pocas. Los soldados del camión tuvieron la peor suerte, 10 de ellos murieron ahí mismo y cuatro quedaron muy mal heridos por el efecto de las llamas. Los del campero se protegieron de las balas de Francia detrás de la carrocería de su auto y ella corrió hacia la salida de la fábrica, uno de los soldados la abatió con un disparo de fusil G-3.

...al caer Germán despejó el campo de tiro y Oscar disparó dándole al de la pistola en el pecho y al de uzi en la ingle...

El comandante del batallón dejó a un oficial que iba con él y a un soldado pidiendo ayuda por radio y auxiliando a los heridos y subió con un sargento a la oficina de Oscar para saber que había pasado. Lo encontró, con el cuello bañado en sangre por efectos del tiro que le dieron en la oreja derecha, practicando primeros auxilios al de la herida en el estómago quien, aunque habiendo perdido mucha sangre, todavía vivía.- Mi Mayor - dijo el comandante, muy impresionado por lo que acababa de pasarle- ¿Aquí que sucedió?- Oscar le fue contando mientras envolvía al herido en toallas para evitar que sangrara más. – Yo, sí - dijo, cuando llegó la ambulancia y se llevó al herido- soy muy mal enfermero, pero como necesitaba que el tipo no muriera no tuve más remedio que acuñarle la herida con las toallas del baño de mi oficina. Mi Coronel, Le agradezco mucho su rápida reacción, en cierta forma me salvó la vida, porque, si no es por su llegada tan pronto, cuando hubiera subido esa fiera de la mujer y me encuentra medio en shock, me acaba. Le agradezco mucho, pero vaya a ocuparse de los soldados que esa mal nacida dejó tan mal.-

Lo que bien comienza, bien acaba, Oscar llevaba dos años trabajando en la empresa de paños, manejando sus asuntos con la más esmerada honradez, la gente de Pereira aprendió a conocerlo como una persona correcta, las circunstancias del ataque que sufrió lo favorecieron, el sicario dio una declaración que también lo ayudó y al cancelar la empresa y entregarla a la fiscalía la justicia no le reprochó nada reconociendo su inocencia. Se preocupó por la suerte de los hijos de la pareja quienes no sería extraño que desconocieran las andanzas de sus padres. Pero la preocupación de Oscar por la suerte de los hijos de Germán no fue necesaria. Los parientes del padre y los de la madre eran personas más que pudientes y les ofrecieron la necesaria protección. Con varios de los empleados mantuvo, durante mucho tiempo una amistad cordial, especialmente con Lucila, quien, le salvó la vida ya que, si ella no llama a

Germán, a esta hora estaría más que muerto. Ya era tiempo de campañas presidenciales, el Senador volvió a tomar contacto con él y de la manera más amplia, le contó la verdad y le ofreció sinceras disculpas, Oscar estuvo a punto de aplanarle la nariz de una trompada, porque, el cuento pudo haber terminado fatalmente, pero, comprendiendo que el Senador obró de buena fe y que, en el fondo, la culpa la tuvo él por romper con la rutina de su administración, lo perdonó y la amistad, aunque nunca fue lo fuerte que debiera, se afianzó un poco.

El senador preguntó, al fin, en qué consistía "la guardia pretoriana" y Oscar, le contestó: - Es un grupo de hombres llamados así en recuerdo de organizaciones fascistas similares que se vieron en la España nacionalista y que me son muy simpáticas por la lealtad entrega y disciplina de que hacían gala, exactamente mil, que cumple una función coreográfica, además, ofrece seguridad y algo importante, produce el efecto de la manada de alces-

-Y ¿Eso qué es?- preguntó el Senador.

-A los hombres les subyuga el paso de una manada de alces, les hace pensar en Dios o en el poder inefable de la naturaleza que logra que una multitud, de 10.000 o más poderosos animales, se desplace en hilera, uno detrás de otro, galopando y ¡todos llevando el mismo compás! eso es formidable, si pones a marchar a un grupo de hombres, en un ambiente adecuado, creando la debida emoción, haces que los observadores te miren como a esa fuerza prodigiosa que logra la marcha uniforme de la manada de alces.-

-Yo necesito a la guardia pretoriana para uniformarla con camisas azul claro y pantalones azul oscuro, sin sombrero, como los republicanos de la España de los 30, los hombres de Azaña, con su apostura pero sin su fanática actitud. Llevarán como arma un bolillo de madera dura – ja, ja, como la "guardia indígena" que se ve en los territorios de los indios paeces - y si podemos, con el tiempo, les daremos pistolas, diez de ellos, los mejores, llevarán armas de fuego con el debido permiso. Armas legales que nos impidan tener problemas con la justicia, serán la defensa inmediata del líder y tendrán que estar muy alertas porque, muchos tratarán de matarlo. Unos buenos abogados nos ayudarán a sacarnos de la cárcel cuando haya refriegas, los necesito porque lo que voy a decir levantará ampollas y ocasionará, en algunos grupos, airadas repulsas y ataques violentos que habrá que reprimir con suma energía. Se cantarán consignas, cuidadosamente diseñadas, que vayan al alma del pueblo y que le recuerden que el carácter es mejor que la abyecta "lambonería" con quienes nos ofenden, que la lucha es mejor que agachar la cabeza cuando nos atropellan. Que el colombiano es fuerte y emprendedor. La guardia pretoriana se compondrá de trabajadores informales, que puedan abandonar sus labores cuando se les requiera. Se les pagará medio salario mínimo mensual y firmarán contratos redactados por un abogado laboralista para evitar tener dificultades con el Ministerio de Trabajo. Deberán estar disponibles para lo que se ofrezca durante 11 días al mes. De esos 11 días, 5 se dedicarían a la gimnasia porque la guardia debería tener buena contextura física y a ejercicios de orden cerrado para que hagan un papel decoroso en las manifestaciones. También habrá prácticas de defensa personal dirigidas por un profesor coreano.

Oscar – preguntó el senador- ¿No te parece que admirar los gestos fascistas y republicanos de la España del 36, produce un efecto de confusión entre quienes examinen la ideología del movimiento? – Pues sí y tal cosa no me preocupa, siempre he creído que las formas eclécticas de pensar y de actuar pueden aprovechar lo mejor de las diferentes tendencias, incluso admiro mucho la capacidad de los marxistas en el campo de la administración, tan eficientes, muchas veces, en el cumplimiento de sus metas. Y trato de practicar la mayoría de las ideas liberales, tanto en lo político como en lo económico y también algunas creencias de nuestro conservatismo, como aquella de que no hay libertad sin orden. El eclecticismo es como una vacuna contra el fanatismo, el cual detesto. Los seguidores del movimiento deberán creer en él con la fuerza que da la razón y no la que proviene de la fe. Creerán en él si ven que sus propósitos son honrados y su filosofía propensa a la verdad. No desdeño el valor de la emoción en las cosas humanas, nuestra naturaleza es eso: razón y emoción.

Todo eso convenció al Senador quien consiguió el dinero de manos de un grupo de industriales honrados, que estaban aburridos con el estilo de manejar las cosas que últimamente se usaba en el país. Los fondos se entregaron a un tesorero de irreprochable conducta y se montó el tinglado.

El movimiento requería de crear un nuevo partido porque no era el caso de conseguir el aval para la elección de entes corrompidos que la opinión despreciaba; la guardia recogió, nada más en Bogotá, 600.000 firmas y con el apoyo de ellas se fundó el partido REACCION. Sus banderas eran rectangulares, con un marco rojo de cuatro centímetros de anchura y adentro de ese marco, repartido el espacio por una diagonal que iba de la esquina superior izquierda a la esquina inferior derecha, la mitad superior azul oscuro y la inferior azul claro.

Se ejercitó a la guardia de manera que estuvieran preparados para la inauguración. Se les confeccionaron los trajes, de buenas telas, para que se vieran bien; se cuidó de que el cabello estuviera recortado y limpio. La puesta en escena fue un jueves a las 5:30 de la tarde en la Plaza de Bolívar, previos los debidos permisos de la alcaldía, consistió en una decoración sacada de la mejor escuela hitleriana, grandes estandartes que rodeaban la plaza con los colores del partido, dos por cada costado de la misma, de 11 metros de largo por tres de ancho cada uno; altavoces que difundían esos bambucos y pasillos de corte nacionalista como ese de : no me den trago extranjero, etc., Después, silencio, y la introducción al Himno Nacional y nada más, porque, el cuerpo del himno, sólo se puede usar en actos oficiales, de acuerdo con el reglamento de protocolo. En el costado norte de la plaza, dando la espalda al Palacio de Justicia, se formó la guardia pretoriana, como una unidad militar de ciento veinte hombres de frente por ocho de fondo, formados con un paso de intervalo entre cada uno y dos de distancia entre fila y fila, parecía una organización más grande de lo que realmente era.

...Después de tres vueltas a la Plaza de Bolívar, coreando esas consignas, se detuvieron a una voz de mando con fuerte chocar de talones...

A una voz de mando se pusieron firmes, giraron a la derecha y marcharon alrededor de la plaza de armas gritando en coro, estas frases:

-¡Nosotros somos la reacción contra la miseria!

-¡Nosotros los salvaremos del secuestro!

-¡Con nosotros no más desempleo!

-¡Con nosotros no más corrupción!

-¡Con nosotros no más depender del narcotráfico!

-¡Muera el fanatismo, viva la inteligencia!

-¡Viva la ciencia, viva la técnica!

Después de tres vueltas a la Plaza de Bolívar, coreando esas consignas, se detuvieron a una voz con fuerte chocar de tacones, formaron una calle de honor y recibieron a Oscar quien marchó por el centro de la misma precedido por dos bellas chicas vestidas con blusa azul claro y falda corta azul oscuro, quienes llevaban pequeños estandartes del partido, le acompañaba su estado mayor, compuesto por compañeros de la academia y compañeros de armas, la mayoría de ellos, antiguos alumnos a los que conocía por sus condiciones superiores, entre ellos un General retirado, también venían los diez hombres de su guardia personal, armados con pistolas y diez más armados de bolillos, dos de ellos traían una tarima portátil de un metro de altura, con unos peldaños labrados en uno de sus lados, poseía una baranda para sujetarse una vez estuviera arriba el orador. Cuando Oscar subió a la tarima, los diez hombres armados se repartieron hacia los costados de la plaza formando parejas en donde uno de ellos miraba hacia el orador y el otro hacia el exterior. Al pie de la casa del florero había una reserva de diez hombres y en la esquina noreste del capitolio, otros diez. Esta demostración de fuerza, la marcha, los gritos, las banderas atrajeron una multitud de curiosos de más de tres mil personas y fue creciendo, la mayoría eran ciudadanos quienes habían ido al centro a realizar diligencias o empleados que salían de sus oficinas; el orador tomó el micrófono y dio un discurso de no más de diez minutos, que fue grabado, en él se refirió a los puntos fundamentales de su campaña: rechazo al uso de las armas por fuerzas que no fueran estatales, persecución de los violentos y de los atropelladores con la máxima energía, sin pañitos de agua tibia, pero, dentro del marco de la ley, respetando los derechos humanos y sin hacer uso de la crueldad. Nada de diálogos con fuerzas que dependieran del narcotráfico, la extorsión o el secuestro. Si estas fuerzas fueran de idealistas como el Che Guevara, como Castro o como Mao(antes de que se adueñaran del poder),quienes dependieron para el éxito de sus revoluciones de la fuerza de sus ideas y del apoyo del pueblo, claro que se dialogaría, pero estos malandrines armados que hoy azotaban al país no tenían nada de idealistas y contra ellos sólo habría la dura mano de la ley representada por las fuerzas armadas institucionales. Se darían becas para que estudiaran en el exterior los estudiantes más aprovechados, quienes volverían al país con un contrato de trabajo por ocho años de duración. Y terminó su discurso haciendo esta pregunta retórica: ¿Les gusta la reacción que propongo contra esas lacras?- ahí hubo aplausos y gritos de: Sí, lo apoyamos, hágale, etc. Como varios de los oyentes pidieron que siguiera hablando, se volvió a poner el discurso grabado. Un grupo, pequeño de estudiantes radicales de alguna universidad cercana gritó: ¡fuera los fascistas, fuera los reaccionarios! pero la mayoría de la gente los calló. La mayor parte de los oyentes no sabían quienes eran o habían sido los fascistas. El discurso finalizó con el grito: ¡muera el engaño, viva la inteligencia!, el aplauso fue como el que se daría al ballet de Sonia Osorio. La manifestación se desarmó lo mismo que había iniciado: marchando hacía diez grandes autobuses que los habían traído y que los esperaban sobre la calle octava. Los periodistas se abalanzaron hacia el líder y su estado mayor quienes no tenían otro distintivo que un brazalete con la bandera del movimiento. Fueron tales los apretones que ahí mismo, se dio una rueda de prensa y se respondió a toda suerte de preguntas, luego, se invitó a los representantes de los medios de comunicación a ir a la sede de la campaña ubicada en la carrera quinta con la calle 28, en el tradicional barrio de La Perseverancia.

En suma, un gran éxito, logrado gracias a las palabras valientes que se pronunciaron a nombre del movimiento, que satisfacían lo que el pueblo quería oír: la voz del carácter respetuosa de la ley; e irónicamente, siendo un movimiento sinceramente democrático, gracias a técnicas de propaganda nazi. Cuando uno de sus amigos hizo una broma sobre eso, Oscar le explicó: sólo los fanáticos se niegan a pensar, una buena idea, un auténtico liberal como creo ser yo, la toma donde la halle. ¿De qué técnicas de propaganda de masas creen ustedes que se valieron los guaches de Stalin y de Mao para montar sus grandes manifestaciones nacionalistas, de las técnicas de culto a la personalidad y de la coreografía típica de los nazis, sólo nuestros mamertos hipócritas o brutos rechazan, a priori, esas excelentes prácticas.

Las correrías por el país repitieron el triunfo de Bogotá, luego, se barrió la capital yendo al parque Simón Bolívar, la Plaza Santander, El barrio Kennedy, el parque de la 93, Soacha, que se creía que era un fortín comuñanga y en todas partes la simpatía de la gente apoyaba el movimiento. Los atentados no faltaron, al líder, a la sede de su movimiento, en las manifestaciones y en todos, la amenaza fue rechazada con bajas importantes dentro de los malandrines que los causaron. La actitud del gobierno fue ambigua, corrupto hasta los tuétanos, Saner había subido al poder no por el apoyo de los liberales de los que decía formar parte, sino, por el dinero de los narcos. Al principio se asustó y trató de echarle al partido Reacción la fuerza pública, pero, a poco andar, el movimiento se había ganado el corazón de soldados y policías y aunque, en Colombia, las fuerzas armadas no son deliberantes ni pueden intervenir en política, eran muchas las maneras de exteriorizarle su simpatía, brindándole protección y autorizándole pistolas y otro armamento más potente para la mayoría de la guardia. No dejó de haber un atentado proveniente del gobierno montado con base en funcionarios de una organización de seguridad y sicarios traídos de Medellín, la guardia respondió y de los 9 que participaron en el atentado, siete fueron muertos y dos puestos a órdenes de la fiscalía. La Procuraduría y la Fiscalía se revolvieron un poco contra el movimiento Reacción, pero, el poder político que fue adquiriendo, por una parte y los buenos abogados con los que contaba la organización, por otra, impidieron que se desconociera la legítima defensa, además, la policía generalmente cercana a esos incidentes daba declaraciones objetivas que, por ser así, favorecían a los implicados de Reacción en esas pruebas de fuerza. Las más aplaudidas manifestaciones se dieron en Medellín y en Bucaramanga de donde se nutrieron con hombres y ahora mujeres de gran lealtad y coraje las fuerzas de la guardia. Seis meses después de iniciado el movimiento, La Guardia Pretoriana, se componía de 100.000 hombres y mujeres, quienes no recibían paga alguna, se confeccionaban sus propios uniformes e iban armados con las armas, legalmente amparadas, que poseían. Las encuestas empezaron a mover el ambiente electoral, básicamente había cuatro candidatos: Horacio Terpa, Nohemí Sorín, Andrés Rojana y Oscar. El primero representaba las viejas, corruptas y hábiles maquinarias del supuesto partido liberal, que habían llevado a Sanerusín al poder y los otros tres, movimientos de coalición u originales como el creado por Oscar. Los resultados de las encuestas, con tres meses de campaña eran así: por Oscar, el 47%, por Terpa el 32%, por Nohemí el 14%, por Rojana el 7% y por otros el 2%. Poco antes de la elección la ventaja entre Oscar y el siguiente era de más de 25% y así fueron los resultados de las urnas: por

Oscar el 60% de los votantes y el resto se lo repartían, en su orden: Terpa, Nohemí, Rojana y los otros. Con una votación de 14'700.000 sufragios, abstención tan mínima y barrida tales nunca se habían visto en Colombia, jamás. Al Congreso fueron también los partidarios de Reacción en aplastante mayoría tanto para Senado como para Cámara y lo mismo pasó en las elecciones de cuerpos colegiados departamentales y municipales, en alcaldías y gobernaciones. REACCION tenía el mando. Oscar tenía el mando. Se había escalado la colina.

EL CONSULADO

Oscar tenía tendencia a la locuacidad y por eso trataba de controlarla llevando a las reuniones con su plana mayor materiales previamente preparados. Con su Secretario General los alistó y a cada ministro le entregó un plan de administración por objetivos que debían cumplirse en fechas precisas. Esto fue lo que dijo en la primera reunión con sus ministros:

-El Estado no se puede detener de manera que, su funcionamiento, deberá continuar aparentemente sin cambios. Pero, como debemos cumplirle al pueblo habrá que desplegar una energía adicional para realizar las tareas extras, en los memorandos que hay frente a sus lugares están esas acciones a realizar. Como puedo haberme equivocado en algunos plazos dispondrán, a partir de este momento, de 24 horas para estudiarlos, al término de los cuales me dirán si se puede o no con ellos ;quien no tenga objeciones deberá utilizar ese tiempo para avanzar en sus metas y en el término del plazo deberá informar de lo logrado. Muchas gracias.-

Como pensaba que el problema fundamental era el de la seguridad del país, de cuya normalización dependía que pudiera explotarse su maravillosa riqueza humana y material, la primera reunión fue con el Ministro de Defensa. Este era un antiguo subalterno suyo, quien, se había retirado como Mayor de Artillería, muy inteligente, quien le dijo:

-Como sé que no dispongo más que de una hora, le diré lo fundamental de lo que del memorando se ha hecho. Primero, tengo la renovación de la cúpula militar, aquí están los mejores de las tres fuerzas militares y de la Policía, me parece que el actual jefe de esa entidad puede seguir ahí, pero, hay que darle instrucciones muy precisas, también le tengo un plan por objetivos en donde se le dice que su prioridad ha de ser la delincuencia común y el narcotráfico, con plazos exactos para que ciertas cosas dejen de suceder; la lucha anti guerrillas será responsabilidad de las fuerzas militares. Tengo aquí un plan estratégico, que ya lo había pensado desde hace cuatro años, ya se lo comuniqué a los comandantes de fuerza y se están preparando para cumplirlo, en tres meses deberá dar frutos: quince días para preparación, que pueden reducirse a diez gracias a la diligencia que le están poniendo los comandantes y dos meses y medio de operaciones. La idea fundamental es: Mediante decreto presidencial disponer la movilización general de voluntarios, se requieren unos cien mil hombres más, mientras son entrenados, se dará estatus a los 150.000 miembros de la guardia pretoriana, confirmando los cuadros de mando que ellos tienen, hasta el grado de Capitán, de ahí en adelante serán comandados por oficiales salidos de la escuela de cadetes. Se encargarán de la protección de las ciudades y de algunas tareas de contención. Se ha de concentrar la fuerza operacional, móvil y veterana, de unos cincuenta mil hombres para usarla contra las fuerzas guerrilleras que se encuentran en cinco zonas ya debidamente identificadas, en ninguna hay más de seis mil de ellos de manera que contaremos en cada lugar con superioridad numérica y técnica de 8 a 1, con eso y con el apoyo de la población civil los cazaremos. No se trata de matarlos a todos, a los que se rindan se les perdonará la vida y pasarán a cómodos centros de concentración, uno por zona de combate, en donde se estudiarán sus antecedentes, los que tengan asuntos penales, procesos o condenas, serán puestos a órdenes de la fiscalía y a los demás se les da a elegir entre trabajar en un plan de obras públicas, que requiere mucha mano de obra, anoche lo traté con el ministro del ramo o dedicarse a las pacíficas tareas de su agrado, creo que hay disponible un plan de créditos de fomento para que puedan montar micro empresas con las que podrán vivir, si resisten y pelean, bueno se les derribará de su pedestal de invencibles que se han forjado, se les dará una sepultura decente en el mismo campo de batalla, luego de la debida identificación. Se proveerá, con los soldados que están terminando el primer ciclo de instrucción, más de 20.000 hombres, seguridad especial a oleoductos, torres de energía eléctrica y represas y termoeléctricas. Con el líder de las autodefensas ya he cambiado cartas en las que le ofrezco someterse a la autoridad militar, incorporar a los mejores de sus hombres a filas con salario oficial, abandono de la dependencia del narcotráfico y ayuda en ciertas operaciones como fuerzas de cierre. Su líder me contestó que está de acuerdo, que él no montó las Auc para enriquecerse sino para defender el país y que se va a entregar a la justicia, si le prometen rebajas de pena por colaboración, lo mismo que a sus subalternos comprometidos en delitos ya juzgados o en proceso de definición. Si algunas de sus unidades no aceptan lo pactado y se rebelan y luchan, se las reducirá como si fueran guerrilleros.

A la delincuencia común se le apretarán los tornillos también, en eso colaborarán las fuerzas de la guardia. La policía tiene información sobre la mayoría de las bandas de atracadores y de ladrones, son unos 50.000 en todo el país y no se les ha hecho mucho porque la policía y el Das recibían sobornos. Eso se va a acabar, tenemos mil hombres muy fieles de la guardia, que forman un departamento especial anticorrupción dependiente del despacho del Ministro de Defensa y del Presidente de la República, para vigilar a los miembros de las fuerzas militares o de policía, a cualquier nivel, incluso Generales de la más alta jerarquía, que se corrompan, para capturarlos y llevarlos a juicio. A los hampones se les caerá con fuerza, los que se resistan se les dará muerte, porque no se trata de llenar las cárceles de incorregibles y a los otros, se les incorporará al plan de obras públicas de penados. Trabajos forzados sin salario. De eso tiene más información el Ministro de justicia –dijo el Ministro.

-Para ser el fruto de 24 horas de trabajo es bastantísimo, dijo Oscar sonriendo, lo felicito ¿Tiene algo más? que ya se le pasó la hora.-

-Sí, Señor Presidente, tengo el proyecto de decreto para cambiarle el nombre al Ministerio de Defensa por el de Guerra, con perdón suyo, pero, esa pendejada de ir a la defensiva, en vez de tomar la iniciativa, nos hizo perder cuarenta años de tiempo que ha debido dedicarse a la paz y al progreso. Mientras haya que emplear la fuerza se deberá hacer con espíritu guerrero, para ganar. Y por último, tengo listo el proyecto de ley para proponer un referendo en el que el pueblo se manifestará si está de acuerdo con la pena de muerte para delitos atroces. Eso es todo, por ahora, Señor Presidente.-

-Excelente- dijo Oscar – Aunque mucho de eso estaba en el memorando y ya lo habíamos hablado en nuestras charlas cuando éramos colegas maestros, usted se sobró, hoy comencé bien el día.- Señorita -Le dijo a la asistente del Secretario General- hágame el favor de hacer pasar al Ministro de Justicia.-

El Ministro, un antiguo conservador, buen amigo del fallecido Presidente Misael Pastrana, con quien trabajaron en la campaña contra Telisario, era un hombre aterrizado, decidido y valiente. Después del intercambio de saludos comenzó:

-Su plan de cárceles campestres, sin mucha edificación, con base en campamentos ligeros me parece de primera y ya se están cotizando los materiales. Deberán dar cabida a 20.000 presos más porque el apretón a la guerrilla, a las autodefensas y a la delincuencia común requerirá de esos cupos. Los plazos que me da están más o menos bien, sólo me parecen muy breves en lo que hace referencia a la construcción de pistas de aterrizaje, pero si las hacemos de circunstancias, sin superficie de rodamiento pavimentada sino en recebo, estarán listas en dos meses, lo mismo que las prisiones. La electricidad se obtendrá de los molinos de viento diseñados en Gaviotas, agua si abunda en cada campamento. Estos son los sitios de reclusión a donde sólo se puede llegar o salir por aire, en sus alrededores con la mano de obra disponible se harán grandes siembras de arroz y algodón. A esos sitios llegarán las carreteras que el plan de obras públicas manuales tiene previstas para dentro de un año. De aquí a allá el desarrollo económico del país nos permitirá hacer construcciones más sólidas para retener con mayor seguridad a los reclusos. – Ya di las órdenes al director del Inpec, por escrito, de que esos paros de presos que secuestran guardianes y se trepan a las paredes de los penales a quemar colchones se acabarán. La guardia ordenará una sola vez lo que sea menester y los reclusos obedecerán, si no lo hacen se les disparará, sin importar el número de muertos que esto cause. Los guardianes serán vigilados muy de cerca y a los que incurran en aceptar sobornos o en descuido de sus cargos, se les pondrá en prisión. Ya tengo listo el proyecto de ley haciendo muy severo el código del guardián. La orden que da de reubicar a los presos de cuello blanco ya se cumplió, todos están en el patio cuatro de La Cárcel Modelo y las casas que tenían en uso serán para bienestar de los guardianes ;sólo quedan en cárceles especialmente sólidas quienes sean tan poderosos que les quede fácil salir de una instalación normal. ¿Qué tal un sin vergüenza que por haber sido ministro o senador y haber robado miles de millones se le va a premiar con una reclusión descansadita, no señor, las cárceles serán para castigar, esa hipocresía de que el preso deberá salir mejor de la cárcel que antes de entrar, solo es verdad en el caso de que salga muerto, allí como Ud. lo dijo en el memorando, se va es a pagarle a la sociedad el mal que se le ha hecho. Ya se dispuso estudiar la ampliación de la cárcel de policías y militares que serán las únicas personas que en Colombia no se mezclarán con los presos comunes, pero se amplían, porque, en esas instituciones, hay mucha corrupción y a esos se les va a llegar y a detener.-

-Gracias ministro, muy loable su diligencia. Señorita llámeme al señor Ministro de Gobierno-

El Ministro de Gobierno era un líder antioqueño, famoso en el país por la entereza de su carácter, fue el precursor de la idea de que la gente se debería proteger a sí misma.

-A ver Ministro, cuénteme que se ha hecho en su cartera- dijo Oscar.

-Señor Presidente ya tengo el proyecto para crear la policía municipal elegida por la gente de cada villa, a razón de un agente por cada 1.000 habitantes. Serán pagados por los municipios que, con la venida de la paz, se enriquecerán; mientras sale la ley pertinente ya se habrán conseguido los dineros para equipar y pagar esas importantísimas fuerzas. Los municipios menos grandes recibirán ayuda del presupuesto de la Policía Nacional que se concentrará en las ciudades de más de un millón de habitantes y se convertirá en una especie de reserva nacional para colaborar en la solución de desórdenes que la policía local no pueda manejar.

Ya están listas o en preparación las siguientes leyes:

. La de libre porte de armas.

. La de reorganización del Congreso.

. La de revisión del Concordato, los párrocos, para ser nombrados por el obispo, así como él mismo por el Papa, deberán contar con el visto bueno de los gobernadores y del Presidente. Se harán concordatos con religiones que tengan más de dos millones de adherentes.

. La elección de Fiscal y Procurador será por voto popular.

. Aprobada la pena de muerte, el Presidente tendrá la capacidad de indulto.-

-Muy bien Señor Ministro, ¿tiene alguna pregunta?- dijo Oscar.

-Sí Señor presidente, los congresistas de la oposición y algunos del partido Reacción, quienes ya se han enterado de lo que se cocina, se muestran preocupados por lo que puede representar el peligro de una insurrección popular.-

-Ministro, Ud. sabe muy bien que eso no era posible antes y mucho menos ahora- Dijo Oscar- Puede decirles que, a tan solo 10 horas de publicado por televisión, el anuncio de que se requieren voluntarios para el Ejército, se han presentado más de 200.000 en todo el país, no se da abasto para atender a tanta gente. Y sólo recibiremos cien mil. Se han ofrecido hombres de 20, 30, 40 y 50 años, viejos militares retirados de los grados de Mayor a General que solicitan prestar sus servicios como capitanes o tenientes pese a que ya les ha pasado la edad de servir en filas. Mediante un decreto de emergencia he dispensado a algunos de esa ley porque entre ellos los hay muy buenos y si están bien de salud pueden ser muy útiles. Insurrección ¡Ja! Ese fue el fantasma con el que nos amenazó la propaganda de izquierda y las clases pudientes se lo tragaron porque, muchos de sus integrantes, hicieron sus fortunas robando o engañando o dándole al narcotráfico y cuando lo que se tiene no es legítimo existe la tendencia a pedir perdón por tenerlo, pero hay gente honrada que hubo por buenos caminos sus capitales de trabajo ¿De dónde cree que salieron los dineros que me permitieron acceder al poder?, no recibí ni un penique de quien tuviera la más leve sospecha de que no era limpio. Dígales que no teman y que aprueben en sesiones extraordinarias las leyes que requerimos. ¿Tiene el requerimiento de urgencia? – Sí señor Presidente – Contestó el Ministro- Gracias una vez más, sé que puedo contar con usted. Señorita, que siga el Ministro de Educación –dijo Oscar.

El Ministro de Educación era un caballero de 72 años, de muy buen ver, elegante y muy lúcido, requirió para posesionarse de un decreto de emergencia dispensándole de la edad que le impedía ocupar cargos públicos. Se trataba del muy inteligente Profesor Avila, quien, fuera maestro de Biología de Oscar en primero y segundo de bachillerato. Fue lo mejor que pudo conseguir, en una estructura pedagógica tan chueca y tan refractaria al progreso como la colombiana.

-Oscar- Le dijo el único ministro que se permitía llamarlo por su nombre, yo te acepté el cargo por puro patriotismo, pero, he de decirte que mi nombramiento ha causado mucho disgusto en los medios académicos de las universidades de más prestigio en el país, porque, dicen que es como desconocer su obra y yo creo que tienen razón. Dicen que allí hay decanos y profesores jóvenes brillantísimos que merecían ocupar mi cargo.

-No se preocupe doctor Avila, ellos se lo merecen, yo ya había hecho una averiguación y en la mayoría de esas instituciones se enseña todo de memoria, no se exige y han convertido lo que debe verse en la universidad, que es ciencia, en artes y oficios, muy poco se investiga y sino ¿Dónde está el premio nóbel colombiano en ciencias: medicina, física, biología, economía o química?

Cuénteme- le dijo con afecto Oscar- para saber cómo van sus cosas.-

-Sí, Señor Presidente- Dijo el Ministro- Ya hice una circular a los colegios en donde se dispone que se ofrezca, a los alumnos de onceavo grado, tomar, voluntariamente, la prueba sicométrica para medir su cociente intelectual. En esa misma circular va una oferta de cien millones de pesos para los colegios y otra similar para que el Icfes ofrezca lo mismo a las universidades, para aquellos que implanten métodos analíticos y correlacionales de enseñanza, desechando lo memorístico, a menos que sean colegios de artes y oficios donde tal tipo de aprendizaje es necesario; también van allí las bases para medir ese logro. Se les dice a los colegios que informen los datos personales de los alumnos que tengan un C.I superior a 125, anotándole a cada uno su puntaje.

Y ahora viene, Oscar, la parte más complicada. Ayer ordené contratar, fuera del país, porque aquí parece que no hay gente preparada para ello, exámenes de estado fundamentados en la habilidad para razonar en cada una de sus respectivas materias y advirtiéndoles a los maestros que, si no los toman, serán despedidos y si no los aprueban también se irán. Esto será un golpe muy duro para Fecode, pero ya era hora de que el país se quitara la dictadura de los maestros incompetentes que tanto daño le han hecho a nuestra juventud. Ya se anunció por la televisión y la radio que el salario mínimo para maestros será el equivalente de 500 dólares. Claro, para aquellos que pasen el examen de estado, ya me han comentado, en las universidades que forman maestros que hay un fuerte movimiento de bachilleres queriendo entrar a las facultades de pedagogía y que son de buenos colegios. Eso es todo por ahora- Dijo el Ministro de educación.

-Maravilloso, hoy es un día muy feliz para mí, porque, con lo que usted me dice, se inicia la transformación radical de Colombia. Se nos van a venir con una huelga, que hay que prohibir, con los primeros despidos se endurecerán las posiciones, pero, aunque no quiero maltratarlos – porque, a pesar de haberlo hecho más mal que bien, han ayudado a nuestros niños a salir del analfabetismo - seré muy firme, estoy decidido a prescindir de más de cien mil de ellos y vincularlos a las obras públicas manuales, por supuesto, pagándoles lo mismo que ganaban como maestros, mientras tanto, invitaré a los alumnos de pedagogía a dirigir jornadas de lectura y de deportes en los colegios mientras dura la crisis que puede demorar un año.

Dicen que allí hay decanos y profesores jóvenes brillantísimos que merecían ocupar mi cargo.

Estimo que el 5% de los maestros pasarán las pruebas de estado y ellos serán la base de la pedagogía de transición. Le pido que vaya pensando en los planes de emergencia que se necesitarán. Adiós maestro excelso –dijo Oscar.

Luego habló con el Ministro de obras públicas, un muy capaz ingeniero recomendado por un importante hombre de negocios amigo de Oscar, él le dijo:

-Señor Presidente, en los archivos del Ministerio de Obras hay abundantes planes para complementar las que se pueden hacer empleando equipos modernos, con manejo de pico y pala. Si se emplea la suficiente mano de obra, incluso, pueden ir más rápido y salir más económicas que las otras, no se han puesto en práctica por razones de prestigio y falta de decisión política. Se tienen las monografías de lo que en este campo se ha hecho en México, Brasil y Perú. He elegido cuatro vías de penetración al llano, de no menos de cuatrocientos kilómetros de largo cada una, con un tiempo de construcción de 23 meses, la obra de mano servirá para despejar la trocha, hacer obras de arte y construir un afirmado en recebo que, si se supervisa bien su aplicación, permitirá el tránsito de vehículos de carga y pasajeros hasta de 10 toneladas. El resto de la malla vial del país, considerando las poco favorables condiciones geológicas del territorio nacional, se mantendrá con el equipo moderno con que contamos y otro que ya está pronto a llegar, de la mejor manera posible. Se da una prioridad a las vías turísticas, en el supuesto de que la paz haga renacer esta industria sin chimeneas de visitantes nacionales y foráneos. El ferrocarril es una alternativa difícil de mantener en Colombia por el suelo tan poco firme que tenemos, por ahora ya he ordenado, tal como usted lo dispone en el memorando, la ejecución de un dragaje del río Magdalena que sería un muy eficiente camino de agua si vuelve a hacerse navegable por barcos de más de cuatrocientas toneladas de desplazamiento. Si arreglamos el tramo de Honda a Barranquilla, o aún mejor, se habilita el paso de Honda que es una tarea de ingeniería no tan complicada ya que ese problema, de la diferencia de nivel, se puede manejar mediante exclusas, se moverá más carga por el río que por la carretera. Lo mismo se inicia a hacer con el río Cauca. Las dos arterias fluviales más importantes del país. Esto es lo referente al memorando, para las carreteras de penetración ya he dado la orden de alistarles los materiales y herramientas requeridas para cuando las personas que las van a construir se encuentren en los sitios de partida –dijo el Ministro de Obras.

-Muy bien Señor Ministro, hablaremos a medida que los acontecimientos se vayan dando –dijo Oscar, lo despidió e hizo seguir a la Ministra de Relaciones Exteriores.

La ministra era una bella mujer muy conocida en el ámbito internacional, tenía talla presidencial y a ella le confiaría Oscar el manejo del frente externo. La saludó muy cordialmente, le preguntó por su familia y le cedió el uso de la palabra.

-Señor Presidente ya dejamos, El Ministro de Hacienda y yo, en manos de los organismos pertinentes, el FMI y el Banco Mundial, la solicitud de un préstamo de U.S.4.000,000.000,°° con los que se ha de financiar la educación y los otros frentes que se requieren ser impulsados para salir de la postración en la que el país se encuentra desde hace tantos años. Es muy probable que los aprueben porque, la sólida situación política originada por la amplia victoria en las urnas, genera confianza en lo económico. También envié el correspondiente despacho al ministro de relaciones de Venezuela para la creación de una comisión corográfica que, en el área de Río de Oro, coloque hitos cada kilómetro para que no haya dudas sobre cual territorio es colombiano y cual no y así evitar, en parte, que la guardia de ese país se esté metiendo a atropellar a los campesinos de la zona. Viajaré a los E.E.U.U. a recibir la certificación que ese país nos dará como un voto de confianza por la fe que tienen en el buen manejo que se le dará a la lucha contra el narcotráfico. Me reuniré con los Cancilleres de

Ecuador y Brasil para implementar el plan de buenas relaciones que usted dispuso. No tengo nada más que informarle Señor Presidente-

Oscar la despidió con la misma deferencia con que la recibiera y pasó a hablar con la Ministra de Comunicaciones.

Una mujer más, porque Oscar creía que ellas poseían unas virtudes de las que, el hombre colombiano, es más bien escaso, tales como honradez y lealtad. Se proponía ir llevando más mujeres a su gabinete en la medida en que las encontrara con las adecuadas hojas de vida. La funcionaria había sido una exitosa ejecutiva de un importante canal de televisión con el cual no conservaba ningún nexo económico en la actualidad.

-Señor Presidente- Inició la Ministra-: ya están dadas las instrucciones para que en los canales nacionales, en los horarios preferenciales, se disponga de un tiempo de tres minutos para informarle a la gente de los logros que irá alcanzando el gobierno en todos los frentes. En los canales privados se ha pedido lo mismo y se están esperando las cotizaciones. Yo estoy muy de acuerdo con eso porque, no se puede ser tan ingenuo como para pensar que alguna prensa no se le va a ir encima al gobierno y tal avalancha, que se va a nutrir de mentiras, hay que contrarrestarla con información verídica de lo que se vaya haciendo. Ya se dispuso el diseño de las estaciones de repetición para que no haya un lugar del país a donde no llegue la radio o la televisión nacionales.-

Oscar entendía que todos los ministerios no podían reaccionar tan rápido como el de Guerra que tenía un alistamiento mayor, pero, veía en sus ministros un gran deseo de acertar, gran diligencia y buen sentido de la improvisación porque entendían que, tanto a la comunidad nacional como a la internacional, había que presentarles frutos pronto, para que la máquina del estado se hiciera imparable en el sentido de sumar logros exitosos.

Con los otros ministros fue igual de estimulante el parte de acción sobre los memorandos entregados. El de hacienda coordinó con los bancos nacionales la disposición de fondos para prestarles dinero a los guerrilleros que desearan incorporarse a la pacífica vida civil. Prestarles, no regalarles, porque Colombia no iba a comprar con dinero lo que podía lograr con la acción legítima de sus armas nacionales. Los días fueron pasando y de todas partes le llegaban a Oscar buenas noticias. Recibió la visita del Director de Colciencias, quien acompañado del Ministro de Educación le fue a tratar un tema vital para la recuperación de la actividad intelectual del país, hasta ese momento, de las más atrasadas de América Latina.

El Director del instituto, quien sería el principal promotor de la ciencia y la tecnología en Colombia, era un científico, poseía un doctorado en Ucla, en biología, su tesis sobre los alimentos irradiados había despertado gran polémica, pero, su aplicación había permitido enviar al África, a las zonas más pobres, gran cantidad de productos perecederos que de otra manera no hubieran podido llegar a lugares tan calientes y salvar de la hambruna a miles de seres humanos, que si no fuera por eso hubieran muerto de inanición o de escorbuto, al no poder consumir verduras y legumbres. Llegó a su cargo en Unicef, procedente de un trabajo de campo con los alimentos por él promovidos, no era un burócrata dedicado a ser decano de facultades. Era un hombre de ciencia que había pasado buena parte de su vida activa entre laboratorios. Era enérgico, jovial, liberal, de esos que no tienen prejuicios, que preguntan antes de juzgar, en fin, una persona buena.

-Le estoy muy agradecido, Señor Presidente- Dijo sin demasiado protocolo- por el aumento tan significativo que logró que le adjudicaran a Colciencias ¡U.S.160'000.000! Eso no se había visto aquí, ni creí que, como iban las cosas, lo viera en vida. Me costó trabajo que mi poco ágil estado mayor aceptara la idea de cambiar el reglamento de investigadores. Que se privilegiara la idea y no la hoja de vida para adjudicar presupuesto a una investigación. Que se prefiriera la inteligencia a la experiencia. Que si un analfabeta trae un invento para mover un auto sin gasolina, se le diera todo el apoyo. Que no se pidieran los cofinaciadores. Que no se trate solo con entidades sino, también, con individuos o con grupos de individuos capaces de manejar lo científico y claro, para que no se roben la plata, a todo investigador al que se le financie un proyecto, se le manejarán los fondos a través de firmas de administradores-auditores debidamente afianzadas y vigiladas por La Contraloría. Ya se contrataron expertos en Epistemología y en Filosofía de la Ciencia, extranjeros, para que evalúen los proyectos que los individuos presenten. No importa si el proyecto es traído por uno o por cinco científicos ¿Qué tal esa estupidez de que si los proyectos no son fruto de trabajo de equipo se rechazan, privilegiando la forma y no el fondo de la idea? a los animales que prohijaron ese absurdo, que ahí los encontré aplanados en su malévola incompetencia, les pedí la renuncia, con perdón suyo, estos idiotas hubieran rechazado a Edison o a Einstein porque no venían con un equipito. La ciencia y la tecnología serán bienvenidas de quien o de quienes sean capaces de producirla-

-Ja, Ja, Ja,-reía el Presidente y aplaudía complacidísimo de ver que al fin había cesado el calvario para los investigadores por el que él, en su infausto momento, pasó.

Y siguió el Director: - Señor Presidente, he venido con el Ministro de Educación para contarle que: se hicieron los exámenes de C.I en los colegios y en las universidades, ya tengo 10 de los más distinguidos graduados trabajando conmigo. Es decir, aquellos que, habiendo obtenido muy altas calificaciones, también poseían altos puntajes en su cociente intelectual-

-Y ¿Cómo va el proyecto de las becas para nuestros genios? Doctor Avila –dijo El Presidente.

-Mira Oscar, hemos volado porque los trámites en el extranjero son complicados, sobre todo en lo que hace referencia al conocimiento del idioma, pero estos jóvenes son tan despiertos que hubo uno que aprendió el alemán en 20 días y ya está en Heidelberg, del plan de mil, ya hemos despachado a trescientos y durante el resto del año completamos el cupo. No hemos tenido problemas de dinero porque ya llegó el préstamo pedido.-

-Bueno, mis amigos vayan con Dios, quien ama la experimentación.-

-Señor Presidente —dijo la Secretaria Privada, quien no era otra que Lucila, su fiel servidora de la fábrica de paños Excélsior - El Ministro de Guerra desea hablar con usted-

-A ver Manuel ¿Qué me trae?- Dijo Oscar.

-Más o menos usted ya sabe lo que ha pasado, señor Presidente, porque tanto yo como los comandantes de fuerza le estamos informando, pero hoy se dio la cosecha esperada, las dos zonas que estaban pendientes por ser barridas no esperaron el golpe de gracia, se rindieron, ninguno de los grandes jefes se hizo presente, todos están ya muertos. Como usted sabe, hace un mes inició la campaña que se había acordado: diez días para cada una de las cinco zonas de operaciones, a cada zona se le daba con toda la fuerza operacional, 50.000 hombres aceptablemente entrenados. Las cabezas de puentes se movían en helicópteros o aviones, el resto lo hacía en camiones precedidos por detectores de explosivos automáticos y automóviles, usando diferentes vías y con un helicóptero, dotado de sensores de calor para detectar emboscados, volando a la cabeza de la columna a 1.200 metros de altura. No pudieron emboscar a las tropas, en la zona se le daba a todo lo que tuviera armas no autorizadas: EPL, ELN, disidentes del M-19, Farc o rebeldes de las autodefensas y delincuencia común. La primera zona escogida fue donde estaba el estado mayor de las FARC, valientes si eran, no se rindieron, ahí cayeron Tirofijo, El Mono Jojoy, Cano y todos los demás, hasta hoy les hemos hecho unas 7.000 bajas a costa de 100 de los nuestros. La fuerza Aérea y la Aviación de ejército para el apoyo a corta y larga distancia de las fuerzas de tierra, así como las embarcaciones de la Infantería de Marina, para el control de los ríos, han sido claves. Tenemos 11.000 prisioneros.

Hoy, Señor Presidente, un mesesito después de iniciar la gran batalla por la dignidad nacional ¡Ha cesado la lucha!, la rendición de los 12.000 guerrilleros que hoy se entregan se hará en dos áreas: una en el Caguán, la otra al sur de Bolívar, en una estarán 7.000 de las Farc y el Eln y en la otra 5.000 de todos los grupos .Los comandantes de fuerza y yo, le solicitamos que presida las ceremonias de rendición, porque esto ha nacido de su mente y de su voluntad, nosotros hemos sido sólo los ejecutores. La seguridad será perfecta-

-No sea tan modesto, Manuel- dijo Oscar – Esto ya lo tenía usted ideado desde hacía varios años, mire lo que le tengo, porque yo ya sabía que usted iba a venir hoy con buenas noticias, una réplica en plata del bastón de mando del Mariscal Von Runstedt. Usted merece más. ¿Qué sabe del comportamiento de la guardia cuidando el resto del país?- Combatieron mucho en los oleoductos, las presas y las torres de energía, porque, los grupos que no estaban siendo atacados y que adivinaron el plan, se revolvieron como perros rabiosos tratando de hacer el mayor daño posible, en esos frentes abatieron a más de 300 guerrilleros. También, en las ciudades y en los pequeños pueblos, la guardia y la policía se batieron muy bien y ganaron. Se presentó un caso muy significativo, un grupo de 400 guerrilleros que, para salvarse, se quitaron los uniformes y se metieron semidesnudos y armados a las casas de Málaga, en Santander. La población abandonó sus hogares y los señaló al ejército, la mayoría se rindieron y los que resistieron fueron abatidos. La policía local, nombrada tan recientemente, jugó un papel vital en la protección de las localidades porque, gracias a su conocimiento del medio, desenmascararon las redes de auxiliadores de la guerrilla y esta no pudo coordinar bien sus planes, a la mayoría los tenemos presos. En Bogotá, Fecode, La Universidad Nacional y la Pedagógica trataron de promover desórdenes, pero les fue mal, muchos estudiantes se opusieron a los vándalos y con la ayuda de la guardia y de la policía nacional, los redujeron. Los del sindicato de la Uso trataron de fregar y miembros de la guardia que conocían las instalaciones de Ecopetrol y que por haber sido petroleros los pudieron detener y reemplazar en sus labores evitando el sabotaje. En fin, por primera vez en muchos años, el gobierno controla, de verdad, el país y sin atropellar a nadie que fuera inocente. ¿Qué le parece si oímos el Himno Nacional?- y sacando una pequeña grabadora cargada con un casete se la ofreció a Oscar quien la encendió y los dos de pie, haciendo el saludo militar, oyeron completo, el canto de guerra de Colombia.

El acto de rendición fue muy sobrio aunque un poco largo, allí donde se realizó. Uno de los jefes guerrilleros se adelantaba y ante el Presidente ofrecía la rendición de sus fuerzas, luego el de otra organización subversiva hacía lo mismo. Después, los vencidos, con las armas en la mano, formando una larga hilera iban colocando sus fusiles, ametralladoras, morteros, etc., a los que los soldados les habían quitado las municiones, en un montón que fue creciendo como había crecido el odio de lo colombianos hacia unas guerrillas a las que antes habían admirado. No podía ser de otra manera el triste epílogo de unas fuerzas que no hubo ignominia en la que no se hubieran revolcado: narcotráfico, secuestro, asesinato, extorsión, atropellos a la niñez, a los ancianos y a la mujer. Ni una sola obra social realizada con los muchísimos millones que sacaron de sus tropelías, pobreza y desempleo para sus supuestamente amados proletarios a quienes deberían defender. No eran la imagen de héroes vencidos sino la de bellacos desorientados o inocentes arrepentidos llevados a esos rumbos por la fuerza. El que iba entregando el arma pasaba a una zona cercada con alambre de púas en donde miembros de la fiscalía les tomaban las huellas digitales y las comparaban con los prontuarios que habían llevado para tal fin. Quienes hubieran sido condenados por delitos atroces eran llevados aparte y preparados para enviarlos al paredón o a trabajos forzados. Quienes no hubieran sido condenados ni tuvieran procesos en curso recibían un certificado de indulto y de una vez hablaban con las autoridades bancarias, dispuestas para la ocasión, sobre los préstamos que desearan. Después se les sacaría de la zona en autobuses o caminando hasta la carretera más cercana en donde una columna de vehículos los esperaría. Un triste fin a la altura de algo que produjo tantas humillaciones, tanta sangre, tanto dolor y tanta pobreza. El Presidente no habló en ninguna de las dos ceremonias, se había votado tanta paja entre innumerables comisiones, emisarios de buena voluntad, curas, Ong, extranjeros, etc., que otro discurso hubiera sido un atentado contra la estética. En medio de la ceremonia, el Ministro de Guerra se acercó a Oscar y le dijo–: Señor Presidente ¿desea usted firmar el decreto que reducirá el Ejército en un 50% y desmovilizará la guardia pretoriana? –Sí señor- Y firmó.

La prensa mundial registró el hecho como una verdadera novedad. Después de lo de la paz en El Salvador a la opinión foránea, europea, principalmente, se le hacía imposible que la paz llegara por medio de las armas .Tenían que ser los diálogos bobalicones y la pedida de perdón del gobierno a las guerrillas por "la injusticia social". Pues no, se les había olvidado que Chile, Argentina, Venezuela y Perú habían derrotado militarmente a sus insurgentes. Se les olvidó que el estado de derecho no tiene por qué ser débil ni cobarde.

Desde el otro día de la victoria empezaron a llegar capitales al país. Primero de colombianos que se habían ido por millares a los Estados Unidos, a Costa Rica y a Ecuador empezaron a llegar "cerebros fugados" atraídos por el buen ambiente que había en ciencia y tecnología, ilusionados con los buenos salarios y oportunidades en esa área, algo que no se había visto NUNCA en Colombia. Empezaron a llegar empresas norteamericanas interesadas en hacer instalaciones de maquila aprovechando la abundancia de mano de obra, canadienses, españoles, japoneses, alemanes, australianos, la cauda de hombres de industria que tan bien perciben el olor de la riqueza.

Enrique volvió al país, emocionado había seguido por los periódicos el ascenso de Oscar y para tomar contacto con él, habló con un general, quien había sido compañero de ellos y éste les hizo el puente. Cuando Oscar se enteró de su presencia en Colombia se emocionó mucho y lo hizo llevar a Palacio casi en volandas por la prisa que puso a los emisarios de su séquito. Enrique llegó tal como se encontraba en el hotel, pues, no lo dejaron cambiarse de ropa. Llevaba una chaqueta deportiva y pantalones de dril. Iba bien vestido pero muy informal. Había engordado un poco, perdido casi completamente el cabello, solo conservaba un cerquillo monacal alrededor del cráneo, pero, mantenía su mirada bondadosa e inteligente y su fuerza que le permitió, cuando estuvieron frente a frente, levantar al Presidente en un fuerte abrazo, con gran desazón de su guardia. Se soltaron, se miraron con lágrimas en los ojos y se dijeron las bromas de antaño. Enrique le contó que era un jubilado de la Nasa, que vivía muy bien en California, cerca a San Diego. Oscar le rogó que se quedara en Colombia ayudándole al Director de Colciencias. —No- dijo Enrique -vine a verte para constatar el milagro. Pero yo ya soy gringo, mis hijos se casaron con norteamericanas y ya se me olvidó el sabor del tamal tolimense. En el próximo viaje me traigo a la familia para que la conozcas y conocer la tuya. —Difícil- dijo Oscar- la mía se hundió en un naufragio de amor.

Enrique le contó que era un jubilado de la Nasa, que vivía muy bien en California, cerca a San Diego

Llegada la mano de obra para las obras públicas, estas comenzaron a realizarse, 160.000 personas entre hombres y mujeres echaban pico y pala en las carreteras de penetración, más o menos 40.000 por cada una de ellas, eran maestros despedidos o ciudadanos desempleados que vieron en estos buenos salarios y en el rudo trabajo al aire libre, como un camino de redención; al principio no se les despegaban los periodistas, miraban y tocaban a los peones de la vía, se hicieron cuentos y novelas con ellos; registraban sus bodas, sus nacimientos y sus decesos, la amistad o las rencillas y un ambiente como de hermandad que empezó a coger cuerpo cuando fueron víctimas de los primeros aguaceros de invierno y compartieron las toldas de los campamentos.

Colombia no es un país donde se canta en grupo, como lo hacen los brasileños o los españoles, pero éstos aprendieron a cantar; era muy bello el espectáculo de centenares de voces entonando las canciones de moda, de Shakira y de Vives. El 10% de ellos se quedarían como funcionarios de planta del ministerio de obras, para mantener las carreteras, serían los más hábiles y eso los estimulaba para hacer su mejor esfuerzo, los demás ahorraban sus sueldos porque el estado les daba gratis alojamiento y comida. Los ex maestros enviaban lo necesario a sus hijos, si los tenían o ahorraban para cuando terminara la carretera dedicarse a otras tareas particulares y productivas.

Había pasado un año del gobierno de Oscar, marcado por la prosperidad en todos los órdenes, la demanda recuperada por los buenos salarios, las fábricas al cien por ciento de sus dotaciones de personal, el desempleo en el guarismo nunca visto del 4%,igual que un país europeo desarrollado. Las carreteras no pudieron terminarse con pico y pala, al año, más de dos terceras partes de los "forzados" se habían ido a empleos más descansados. Se quedaron los que le tomaron el gusto a la cosa y la convirtieron en su modus operandi. Después los contratarían en los municipios para que les hicieran sus caminos vecinales.

Conocedoras de la existencia de abundante petróleo en el subsuelo colombiano, muchas compañías de todas partes se interesaron en la exploración y la explotación, llevando al país a acercarse a Venezuela con una producción de 2'000.000 de barriles diarios. Ecopetrol cada vez aceptaba menos socios foráneos al irse haciendo autosuficiente en fondos y en tecnología.

Las mayorías de Reacción le ofrecieron leyes de plenos poderes a Oscar que, él rechazó con el argumento de- ¿Para que sirven plenos poderes si ustedes me aprueban todo lo que yo propongo, porque les parece bien?-

La mayoría del Ejército se fue a cuidar las fronteras, sobre todo las de Venezuela y Perú, en donde eran frecuentes los atropellos a los colombianos y éstos no volvieron a sucederse. En Rio de Oro hubo un incidente de cierta gravedad. Un par de helicópteros bell, venezolanos, incursionaron en territorio colombiano, después de que la comisión corográfica mixta pusiera tantos hitos que, hasta un ciego hubiera sabido con certeza donde era la frontera.

Se hallaban comenzando la rutina intimidatoria de siempre: dispararle a los animales domésticos para después seguir con las viviendas, cuando apareció una patrulla de infantería colombiana destacada en las cercanías, para proteger una zona de unos 22 kilómetros de frontera que debería recorrer a pie todos los días. Llevaban cohetes red eye. Estos son unas armas norteamericanas casi infalibles cuando se emplean contra aeronaves. Y el cabo Pelicier una vez informó a su teniente de lo sucedido, procedió a disparar a los helicópteros y los derribó. Murieron 16 soldados venezolanos y dos oficiales pilotos. Se felicitó al cabo y al Teniente por no perderse en los trámites tontainas de informar, pedir permiso y terminar

dejando matar a los campesinos o destruirles las propiedades
. El que tiene marcada la línea del deber no necesita tanto
protocolo sino iniciativa, buen juicio y respaldo de sus jefes.
Venezuela pataleó, pero, se pidieron observadores de la Onu
y al constatarse que fue una intromisión injusta agresiva e
inadmisible se le dio la razón a Colombia y ahí quedó la cosa.
Y el mensaje también quedó.

Es unánime la convicción de que las guerras son un desastre,
pero si no se pueden evitar, el aparato militar de un país debe
estar preparado para ganarlas porque no hay catástrofe mayor
que la derrota y si se gasta mucho dinero en unas fuerzas
armadas, el esfuerzo se justifica si saben pelear, pero, tener
un aparato militar adocenado, de buenas maneras y nada más
es un desperdicio ridículo, Oscar estaba convencido de eso,
lo dijo muchas veces y por eso estableció que el Ministro de
Guerra fuera el militar activo o retirado con más talento para
ganar guerras, por si acaso. Para contribuir a ello, la asignatura
más importante en los institutos de formación castrense fue
la Historia Militar, porque, es más económico aprender de la
experiencia ajena que con los muertos propios. Los generales
colombianos, burocratizados, incapaces y corrompidos
en su mayoría, eran muy alérgicos a la Historia Militar,
frecuentemente la eliminaban del programa de estudios y era
difícil volverla a instaurar gracias a los esfuerzos individuales
y mal vistos de personas como Oscar y otros pocos. La
razón no era otra que tales nulidades se sentían mal ante sus
subalternos, si los comparaban con soldados de las tallas de
Aníbal, Alejandro, Napoleón, Federico, Rommel, Dayan o
Colin.

Temas obligados en los estudios eran las clases de Ética
Militar, materia que sería enseñada por viejos soldados, con
hojas de vida intachables, que hablarían mucho del honor y
del valor.

El libre porte de armas trajo a los colombianos la confianza en sí mismos perdida en la entreguista política pacifista que puso a más de 30 millones de habitantes a merced de un puñado de bandoleros durante cuatro decenios. Se revivió el viejo ideal liberal de que, la libertad, es una variable dependiente del ciudadano armado que vela por ella, tal como sucede en Suiza, Los Estados Unidos de América y México. La teoría que llevó a Oscar a esa medida era esta: las personas respetuosas de los demás son más que los bellacos, así las cosas, la ecuación se pone en contra de estos porque, aunque sean hábiles en el manejo de las armas, la superioridad numérica termina por imponerse. Efectivamente, mientras, por una parte, la policía combatía, ahora sí efectivamente, a la delincuencia, pues, ya no podía salir con la disculpa de que, si los ciudadanos no denuncian nos toca soltar a los hampones; porque se ajustaron las leyes policiales de manera que recaía en la policía el deber de investigar de oficio los delitos sobre los que tuviera algún indicio de haberse sucedido y al ciudadano no se le exponía yendo a una remota inspección de policía a declarar, salvo en los casos en que tuviera un señalado interés en hacerlo, sino que, el policía, iba a su casa a averiguar datos, a fortalecer los indicios y a buscar las pruebas concluyentes. Por otra, el ciudadano se podía defender en su casa o en el camino y los atracos y los asaltos a las viviendas se redujeron en más de cuatro quintas partes. No dejaron de presentarse tragedias por el libre porte de armas. No faltaba la esposa desesperada ante la infidelidad de su marido que resolvía suicidarse o matarlo con el arma destinada a proteger el hogar. O un niño que, aprovechando el descuido de sus padres, tomó el arma y se mató o hirió a un hermanito. Se produjeron leyes que obligaban a los mayores a tener las armas guardadas bajo llave, pero, entonces, aparecía el borrachito que dando tiros al aire enviaba una bala pérdida contra la ancianita quien, en el balcón de su casa, hacía calceta. O los vecinos que se daban bala porque el perro del uno no dejaba dormir al otro. Todos esos casos eran muy desafortunados, pero, las frías estadísticas, los mostraron como insignificantes. Comparadas con las 45.000 muertes que los violentos producían en víctimas inermes cada año, las 600 tragedias que ahora sucedían, eran manejables, con una mejor intervención de la policía que, si actuaba oportunamente ante el llamado de los vecinos, las reduciría sensiblemente.

La policía municipal, dirigida por un comisario elegido popularmente, podía convocar a los vecinos para constituir una fuerza de emergencia que permitiera confrontar adecuadamente a una amenaza superior a sus capacidades, como por ejemplo, una banda de atracadores de banco numerosa y bien armada o de facinerosos que trataran de secuestrar a alguien.

La seguridad en las poblaciones de menos de un millón de habitantes estaba en manos de los ciudadanos y ese fue un adelanto muy grande en el logro de su autonomía. Si la amenaza fuera muy peligrosa, se llamaba a la Policía Nacional o al Ejército y éstos actuaban, no para dejarse irrespetar o agredir impunemente, sino para resolver las situaciones, porque, si éstas no fueran graves, no se les llamaría. La Policía Nacional y el Ejército se preparaban, continuamente, para ser fuerzas bien entrenadas de profesionales que sabían que el arma mortal sólo se usa si no hay otra manera de reducir la amenaza.

El libre porte de armas causó un muy delicado incidente que implicó a numerosas personas: Sucedió que, en la localidad de Charta, en el departamento de Santander, floreció el estudio de la historia, dirigido por el profesor Ancízar Cecurdo, maestro del colegio municipal. Aficionó a sus alumnos de grado once por la historia local y promovió prácticas de investigación que los llevaron a los registros notariales, a los de la casa cural y a los de la casa de la cultura, porque los hijos de Charta eran amantes del estudio y allí no faltaban los ensayos históricos, las crónicas y las reseñas de este tipo sobre los acontecimientos de la villa. Sin querer, un grupo de alumnos encontró material suficiente como para enterarse de que, en los tiempos de la gran violencia liberal conservadora, de 1946 a 1953, habían tenido cruentos enfrentamientos con los habitantes de la población vecina de Tona, separada de ellos por diez agrestes kilómetros del Páramo de San Turbán. Como la historia a veces se escribe sin la debida imparcialidad, los heródotos charteños se concentraron en relatar los atropellos que habían sufrido de parte de los toneros, sus adversarios políticos, porque había gran unanimidad en los fanatismos: en Charta, todos eran conservadores y en Tona todos eran liberales, menos el cura, quien era conservador. Y se olvidaron de registrar en sus anales lo que ellos habían hecho a sus vecinos. Un relato, escrito en un papel que se había hecho amarillo por el tiempo, de ese que gustaba a Lucila encontrar en los libros que leía porque, decía, en los libros viejos y así como achacaditos es donde se hallan las mejores cosas, un joven estudiante encontró el relato de una incursión de los toneros que atacaron el pueblo en pleno día con sus escopetas de circunstancias y les produjeron veinte muertos, entre ellos dos mujeres y un niño. Este escrito narrado con pluma apasionada y venenosilla encendió los ánimos de los estudiantes quienes fueron a donde sus padres y abuelos a conseguir detalles y aunque estos les dijeron que era mejor enterrar esos viejos odios, los chicos insistieron y pronto convencieron a una comisión de notables para que fueran a Tona a exigir una declaración de arrepentimiento por ese crimen. Se formó un verdadero movimiento al que se sumaron los hombres jóvenes del pueblo y la gente empezó a limpiar las armas, esta vez de más amenazante apariencia que las que tenían sus antepasados.

Se formó una comisión compuesta por el alcalde, cuatro de los jóvenes que promovieron la querella y tres de los más viejos habitantes de Charta quienes además conservaban su memoria y lucidez en orden. Llamaron por teléfono al alcalde de Tona y le pidieron que los recibiera en una reunión a la cual asistiera el concejo municipal. Como el alcalde de Tona se negaba a tales formalidades sin saber de que se trataban sus pretensiones, le tuvieron que dar una idea del asunto, un poco maquillada para que no se alarmara y el de Tona, un hombre de mundo y de buen humor, se rió y les dijo que, todo lo que se hiciera por la concordia entre pueblos antiguamente rivales y hoy muy amigos, era bien venido, que si les parecía bien ir al otro día a las dos de la tarde. La persona que llamó al alcalde de Tona, uno de los jóvenes de la investigación, le cayó muy mal el tono festivo del funcionario y les dijo a sus paisanos que se habían burlado de ellos y que los esperaban a las dos de la tarde. El pueblo se alborotó porque quería alterarse, pues, ya estaba prevenido ante los hechos renacidos y se preparó para, al otro día ir y tomar por asalto a la localidad vecina.

Cuando llegaron en tan gran número y armados, los tres policías del pueblo los salieron a recibir y les notificaron que no podían entrar a la aldea, que esperaran afuera que ya salía el alcalde a hablar con ellos. Poco faltó para que arrollaran a los policías y les pasaran por encima si no es porque uno de los más prudentes les dijo que eso podría traer consecuencias muy graves si intervenía el Gobernador con la policía de Bucaramanga. El alcalde salió a hablarles acompañado de algunos concejales, el cura y dos ancianos toneros que se acordaban muy bien de los hechos pasados cuando la violencia. El alcalde de Tona, amablemente, les pidió que se quedaran allí antes de entrar al pueblo, ya que los ciudadanos de su grey al verlos así, tan amenazantes, se estaban armando. Que mejor esperaran ahí y dialogaran en buenos términos. Los de Charta expusieron su asunto y el alcalde muy extrañado les dijo que él no tenía inconveniente en pedir perdón por lo que habían o no habían hecho sus antepasados y todo hubiera quedado ahí, sin más, si no es porque uno de los ancianos de Tona, quienes formaban el comité de recibimiento, dijo-: Pues, nosotros si no vamos a pedir perdón por lo que hicimos- Y ¿ por qué no? viejo- le increpó uno de los muchachos de Charta- ¿Es que va a negar que ustedes, el 19 de agosto de 1947, a las tres de la tarde entraron a sangre y fuego a nuestro pueblo y mataron a 20 personas? – No, no lo negamos- dijo el anciano quien había hablado- Entonces ¿Por qué carajos se niega a darnos esa pequeña satisfacción que pedimos?- dijo el estudiante- Porque, jijuepuercas, a ustedes se les olvidó averiguar lo que nos habían hecho a nosotros –dijo el anciano- Sin ofender viejo pendejo –dijo el muchacho – Y ¿qué fue eso? – Que ustedes la noche anterior vinieron y amarraron las puertas de las casas de la mitad de la villa y les prendieron candela, incinerando a la gente que en ese momento dormía. El silencio fue total. Sólo fue roto por los sollozos de los de Charta, quienes, ignorando semejante atrocidad, iban a exigir una injusta retribución. Los que pidieron perdón fueron ellos, se abrazaron con los de Tona y muy compungidos se fueron, prometiendo no volver a pelear entre hermanos.

Como Oscar sabía que una de las causas de la corrupción es que existan lo que en Colombia se conoce como corbatas, que es un sinónimo de sinecuras y en el Ejército había bastante de eso, dispuso que en la reducción del pie de fuerza se comenzara por el alto mando, porque, un Ejército tan pequeño como el de su país no debería tener tantos oficiales de alta graduación, quienes, cuestan mucho y si están ociosos, son proclives a delinquir; entonces, se dispuso que sólo debería haber un General de tres soles y éste sería el Ministro de Guerra, claro, si tal cargo lo detentaba un oficial en actividad. Mayores Generales deberían ser sólo los comandantes de fuerza y Brigadieres Generales, los jefes de Estado Mayor y los comandantes de brigada, desapareciendo los comandantes de división.

Se diseñó una legislación que facilitara el despedir a cualquier miembro de la fuerza pública, por incompetencia o por corrupción, sin considerar su tiempo de servicio y los que fueran descubiertos conspirando o delinquiendo en flagrancia, serían detenidos por La Guardia, de cuyos miembros seguían en actividad mil, encargados de proteger la vida del Presidente y ayudarle a velar por las buenas costumbres administrativas.

Se creó una escuela de formación de tropas y cuadros de la guardia, especialmente preparados en ética militar, honor, valor, lealtad y eficiencia para el combate. De allí salían los reemplazos para los miembros de la institución que desearan abandonarla o por tiempo de servicio cumplido; nadie podía tener en la guardia, más de cuarenta años de edad. Era un verdadero cuerpo de élite, formado por soldados voluntarios que hubieran obtenido el título de bachiller a quienes se les practicaban rigurosas pruebas para establecer sus capacidades, equilibrio anímico y antecedentes. Los cuadros se formaban dentro de la guardia hasta el grado de Capitán. No podían estos Capitanes ser trasladados a otros cuerpos de tropa y allí se jubilarían después de cumplir veinte años de servicio. Los cuadros de mando, de Mayor hacia arriba, que requiriera la guardia, eran del Ejército regular y debían estar clasificados dentro de los mejores.

La guardia tuvo muy duras pruebas que justificaron el esmero que se puso en su selección e instrucción. En Colombia es normal, o al menos lo era hasta que Oscar asumió el poder, que, quien afectaba los intereses de los grupos de presión delincuenciales, dígase, sindicatos afectos a la guerrilla, organizaciones de apoyo de las guerrillas, estudiantes de la izquierda radical, narcotraficantes, o grupos corruptos de las fuerzas de seguridad, fuera víctima de atentados. Estos se hicieron frecuentes, desde que Oscar era candidato y siguieron presentándose cuando estuvo en el poder bajo la forma de carros bomba, minas, francotiradores. Nunca tuvieron éxito, porque la colaboración de la ciudadanía y sobre todo, la eficiencia de la guardia, frustraron esos empeños que el tiempo y la debilidad en que cayeron tales fuerzas los fue espaciando cada vez más, hasta que no volvieron a darse. Con todo, Oscar era prudente, pocas veces asistía a manifestaciones públicas y su contacto con la nación era mediante la radio y la televisión. Generalmente viajaba en helicóptero o en avión, por rutas decididas minutos antes de partir.

La salud de la población fue uno de sus intereses principales. Como el país comenzó a recibir sumas elevadas por concepto de impuestos y la moneda se hizo sólida ante la abundancia de divisas provenientes de las cuantiosas exportaciones, se pudo ayudarles a los más pobres con un sistema de subsidio de buena calidad, oportuno y humano, el resto de la población asumía los costos de las medicinas prepagadas, que eran de un valor no muy elevado, al alcance de los ingresos más bajos.

En lo que estuvo mejor el gobierno fue en la creación y mantenimiento de un sistema de urgencias expedito para todo el mundo. Por ejemplo si una mujer fuera atropellada por un autobús, la ambulancia del servicio nacional de urgencias acudía de inmediato, se la llevaba a una de las clínicas disponibles y se la intervenía y trataba con prontitud. Como todo ciudadano debería estar afiliado a un sistema de salud, bien fuera de beneficencia o de medicina prepagada y, una vez iniciara la convalecencia, se hacía el traslado de la cuenta correspondiente, pero nadie se quedaba en su casa infartado o caía en la calle herido sin que fuera auxiliado con la mayor celeridad. No volvió a verse el espectáculo bochornoso de parturientas teniendo al hijo en la calle, asistidas por el chofer del taxi en el que se dirigían al hospital o por un policía, debido a que no la recibían en ninguna parte por falta de pago anticipado. En esto de la salud también dio un paso adelante muy importante con las comunidades indígenas que tuvo repercusiones en la vida total de los aborígenes. Oscar había notado una gran hipocresía de los gobiernos anteriores respecto de su salud y de su justicia. Se decía, en el más almibarado de los discursos que, a ellos, se les iba a respetar su cultura y que por eso no se les daban partidas ni para medicinas ni para jueces, porque ellos iban a administrar esas áreas según su libre albedrío. Entonces, Oscar se hizo traer los censos de indios desde comienzos de siglo hasta la fecha y notó sin sorpresa, pues, ya lo sospechaba, que sus poblaciones en vez de aumentar, en unos casos se habían mantenido iguales, en otras habían disminuido y en otras, comunidades enteras habían desaparecido, así como desapareció el venado de la sabana de Bogotá y habiendo hecho investigar, que ahora sí había investigadores, las causas descubiertas de ese desastre señalaron que, eran diezmados o exterminados por enfermedades endémicas y por otras. Oscar no desconocía que ciertas formas de medicina no occidental, funcionaban bien, había sabido de exitosos tratamientos con bioenergía, con acupuntura, con aromaterapia, algunas plantas medicinales que usaban los indígenas eran eficientes para ciertas cosas como el resfriado común, el raquitismo, algunas dolencias estomacales menores, etc., pero, pretender que los indígenas se las vieran, con sus limitados recursos medicinales, con enfermedades tales como la tuberculosis, la lepra, la viruela, el tifo, el cáncer, los tumores malignos, etc. era irresponsable y falsario así es que, con la energía que algunas veces fue necesaria, acercó a las comunidades aborígenes a la medicina formal, cuando esta era indispensable y habló, a veces personalmente, con ellas y si no, empleó emisarios que les llevaran este mensaje:

—Ninguna comunidad sobrevive o prospera si no conoce los beneficios de la lógica, vean lo que ha pasado con los pueblos que, en todas partes del mundo, han conservado culturas crípticas sin acercarse a tratar de conocer o dominar la ciencia, están como hace 10.000 años; en ese estadio, todas las comunidades humanas vivían en las cavernas; algunas por suerte o con la ayuda de Dios descubrieron la lógica y florecieron culturas formidables como la caldea, la egipcia, la griega y la china. Hoy sus herederos son dueños de la ciencia y de la tecnología y han permitido que la población se multiplique por los adelantos en higiene, medicina, alimentos y otros frentes y están preparados para enviar a los planetas del sistema solar y después, a las estrellas, los excedentes de población que permitan salvar la vida de la tierra y perpetuar la especie. Los crípticos no han progresado, se estancaron y van camino de desaparecer, eso es inadmisible porque los indígenas de América Latina son parte fundamental de la raza de sus habitantes. Entonces, yo les voy a ayudar haciendo que la enseñanza de Lógica, Epistemología y Filosofía sea obligatoria, ya he dispuesto que se preparen maestros que les den estas asignaturas en sus idiomas vernáculos y para que ello no les sea humillante, se preferirá a maestros que salgan de sus comunidades, ustedes conservarán sus atuendos, sus formas sociales, etc., y cambiarán según el ritmo al que ustedes se acomoden mejor, respetados y queridos, no ignorados. Las comunidades serán revisadas para ver si sus jóvenes asisten a los colegios indígenas que se crearán, las comunidades que cumplan con este requisito recibirán subsidios en alimentos, vehículos, maquinaria y dinero y las que no cumplan, recibirán sanciones en las personas de sus gobernadores a quienes se responsabilizará por lo pertinente y también haremos a los padres responsables de esa omisión. Y la justicia va a ser revisada. Los delitos contra la vida los juzgará el estado colombiano, no volveré a permitir que asesinen a niños gemelos, por cuenta de inaceptables teologías animistas a menos que, un representante de la tribu, me demuestre que eso es conveniente, usando argumentos científicos y lógicos. No cesaré en mis esfuerzos por convencerlos de que si no se incorporan a la ciencia moderna desaparecerán por el efecto del hambre más implacable que hay, el hambre de conocimiento—

La mayoría de las comunidades aceptaron esa propuesta – y no fue difícil porque, ellos, como consecuencia de la constitución del 91, ya tenían congéneres que habían pasado por el congreso, que eran no solo letrados sino, poseedores de estudios universitarios y ellos sabían de la importancia de sus nuevos saberes.

Cuatro grandes carreteras se construyeron, al comienzo, con la mano de obra de los desempleados, después de un año de pico y pala en el que se hicieron más de las dos terceras partes, se terminaron con maquinaria moderna, fueron:

Carretera A. El Tigre, Marandúa, Casuarito, Maipures.

Carretera B. Yacueto, Maipures, Puerto Nariño, Santa Rita.

Carretera C. Kalamar, Santa Inés, Kiniguaiari, Morichal, Santa Rita, Paso del Diablo.

Carretera D.Florencia, La Tagua, Yuruparí, La Pedrera.

Estas rutas fueron uno de los actos de soberanía más eficaces que el gobierno hubiera hecho, porque, no sólo permitieron al estado hacer presencia en el oriente colombiano, tan abandonado, sino que le hicieron posible al ciudadano común acercarse a las bellezas turísticas de esos parajes, durante cientos de años inexplorados. Y esas columnas de abridores de esperanzas iban acompañadas de funcionarios del ministerio del medio ambiente para que, las obras, produjeran el mínimo daño en una ecología virginal, para evitar que las escopetas salieran a relucir y acabaran con venados, garzas, patos de aguja y chigüiros. La comida era llevada del interior para evitar que se diezmara la fauna silvestre, se condujo hasta allá ganado vacuno, grandes manadas, para alimentar los ejércitos de constructores.

Estas vías tuvieron una importancia enorme en la solución de un problema que preocupaba a las grandes potencias en especial a las norteamericanas y de Europa: La calamidad del narcotráfico. Colombia se había convertido en el principal productor de cocaína y heroína de los Estados Unidos y era necesario eliminar la oferta para que la demanda, debiendo recurrir a drogas que vinieran desde mucho más lejos y tuvieran que pagar costos muy altos con lo que se les dificultaría su adquisición y a las autoridades de ese país les quedara más fácil interceptarlas. A Oscar le parecía que para un país decente, tener que apuntalar su economía con tal comercio infamante era una vergüenza, había que comerciar con artículos que sirvieran a los compradores y no que los envenenaran, no estaba de acuerdo con nacionalizar las drogas porque estas eran infinitamente más peligrosas que el tabaco y el alcohol. No, el mundo debía unirse para acabar con ese flagelo y la oportunidad de contribuir a ello, que le brindaron sus carreteras, fue inmejorable. Estas largas arterias del oriente pasaban por los mayores centros de cultivo de hoja de coca y amapola, en donde los guerrilleros y los anti guerrilleros de las autodefensas tenían sus principales fuentes de financiación. Era muy difícil combatirlos porque los aviones de fumigación no tenían autonomía para acercarse a esos cultivos y las bases aéreas de la fuerza aérea estaban tan lejos que sus helicópteros no podían ir a apoyarlos, no había carreteras para enviar al ejército, ahora sí existían y también se pudieron trasladar materiales para hacer más pistas de aterrizaje y aeropuertos más avanzados y se pudo hablar con los campesinos pobres que se habían ido allá a sobrevivir dejándose explotar de las Farc y de los otros y decirles: –Ahora sí les sacaremos sus productos legales, no se les dañarán; aquí vendrá gente en camiones a comprarles la yuca y otras legumbres que se dan bien en estos lugares, ensayen con frutales y con palma de aceite y háganlo rápido porque dentro de un mes el que no haya destruido a machete sus cultivos ilícitos y formalizado los créditos para tener siembras legales o ganado, lo llevaremos preso ¿O.K?– O. K. – Dijeron los campesinos y se pusieron a eso convirtiéndose las regiones en importantes polos de desarrollo como en su día lo fue Villavicencio. La comunidad internacional, encantada con las noticias ofreció una ayuda de U.S.2.300 millones de dólares para atender las necesidades sociales de los ahora honrados cultivadores, pero, Oscar, cordial y francamente la rechazó diciendo:– Este país lo que necesitaba era paz para ser rico, la gente es recursiva y por todas partes florece el progreso, cómprennos nuestros productos, quítennos las leyes de comercio excluyentes y cuando saquemos el auténtico carro colombiano, 100% con tecnología nuestra, "el payanés", adquiéranlo, si les parece que es mejor que los otros que hay en el mercado –. E.E.U.U: tan tozudo para las buenas como para las malas situaciones mejoró su deseo de ayuda – pese a la negativa de Oscar – y de manera no oficial, hizo regalos en ayuda tecnológica a las universidades que habían entrado por el camino de la enseñanza racional y a Colciencias con lo que, la tan querida investigación, recibió un impulso importantísimo. Ya estaba Oscar en su tercer año de gobierno y los estudiantes que llegaban de fuera tenían laboratorios para probar los materiales que la industria pesada requería. Grandes laboratorios de física, química y cibernética en los cuales se diseñaban y se producían, en cadena, chips para la industria de los computadores. Después de que esas ayudas norteamericanas fueron **distribuidas**, se programaron inspecciones del Icfes a todas las universidades del país. Unas recibieron el certificado de excelencia, a otras se les bajó de rango convirtiéndolas en escuelas de artes y oficios y a no pocas, se les suspendió la licencia de funcionamiento obligando a sus directivas a devolver a los estudiantes los dineros de las matrículas. Se establecieron normas en las cuales se exigía que, para ser profesor universitario, había que tener escrito y publicado, al menos un libro de tesis, un ensayo científico sobre su especialidad y tener experiencia documentada, como investigador, porque había que saber que a la universidad se iba a trabajar con los **universales** de las cosas, a descubrir leyes y teorías, a mover las fronteras del conocimiento hacia delante y no a aprender frasecitas de memoria. Cualquiera no puede intentar la aventura universitaria, se hicieron más rigurosos los exámenes de admisión a tales institutos: examen de C.I., de comprensión de lectura, de habilidad de razonamiento y de cultura general. Cualquiera no podía entrar a la universidad, esta era para los aristócratas del pensamiento, los estudiantes de bachillerato, pobres pero inteligentes, eran becados por el gobierno para que ingresaran en las mejores universidades, quienes no fueran aptos para adelantar las carreras universitarias, tenían la oportunidad de aprender profesiones dignas en las escuelas vocacionales. Se dieron premios a los estudiantes que leyeran, de filosofía, literatura o historia, más de cinco libros en el año. Se estimuló la lectura para que se convirtiera en el hábito nacional. Se crearon, en cada capital de departamento que tuviera más de 500.000 habitantes, colegios para niños superdotados, gratuitos y asistidos por lo mejor de los profesores expertos en la materia que se pudieron contratar en el exterior, porque la inteligencia sería el mejor y más preciado patrimonio del país.

El deporte, que había practicado el cuarteto de la suerte, aquello de mente sana en cuerpo sano, debía ser un asunto, también, de interés nacional. El deporte se volvió obligatorio en colegios y universidades, los estudiantes tenían materias de disciplinas atléticas y para graduarse, debían acreditar progresos en las modalidades escogidas. Los deportistas destacados fueron premiados con becas y Colombia empezó a figurar en la geografía del deporte mundial.

El Ministerio de Cultura tenía la misión de proteger las instituciones culturales nacionales tales como: las bibliotecas, los museos y los monumentos, el Archivo Nacional y fomentar el arte, en sus diferentes formas mediante concursos de historia, literatura, escultura, cine, pintura, arquitectura, música, cerámica y las otras artes menores, con premios bien dotados y nada más. Nada de convertirse en agente de espectáculos, según el gusto de cada ministro de turno, eso de la recreación sería responsabilidad de los particulares quienes traerían los artistas de la calidad que fueran , que el público pudiera pagar y como había cada vez más dinero en manos de los colombianos, fue posible traer famosas compañías de ópera y teatro y otras de grandes artistas que recibían el favor del público.

El doctor Alejandro Jolguín de Brigard había sido nombrado Ministro de Obras Públicas y dentro de todos sus deberes tenía el de terminar las cuatro grandes carreteras de penetración que se iniciaron con el sistema de pico y pala. El dinero estaba en la tesorería nacional esperando ser gastado, los presupuestos aprobados, los diseños de puentes y de las rutas definidos y las obras no avanzaban.

Oscar había organizado una división dentro del Departamento Administrativo de Seguridad, compuesta por 100 individuos, muy bien entrenados en análisis de documentos administrativos, contratos, licitaciones, etc., quienes eran los encargados de observar las actividades económicas de los ministerios y de los institutos descentralizados, ellos estaban encima de todas las actividades a través de las cuales se invertía el presupuesto nacional y cuando, a través de un rumor o porque lo veían ellos mismos, se enteraban de que algo turbio estaba en trámite seguían la pista y si hallaban mérito, iban donde un fiscal y le pedían autorización para intervenir teléfonos de las oficinas y de las residencias de los funcionarios sospechosos y así caían y caían y cuando se tenía la certeza, la guardia iba por ellos. Eso era un factor más de carácter sicológico porque, la guardia, uniformada con sus trajes azules de dos tonos, era sinónimo de corrección y de severidad, cuando la guardia iba a detener a alguien y ese resistía, su suerte era muy cierta: le iba mal. La gente los veía y se enteraba y comentaba:– Ahí va un puerco más que se lleva la guardia. Esta institución no tenía calabozos privados, ni centros de tortura, nada de eso, los prisioneros se entregaban a la fiscalía para los trámites legales a que hubiera lugar, pero, era una forma de propaganda que usaba el gobierno para que la gente viera que los corruptos estaban perdiendo la batalla.

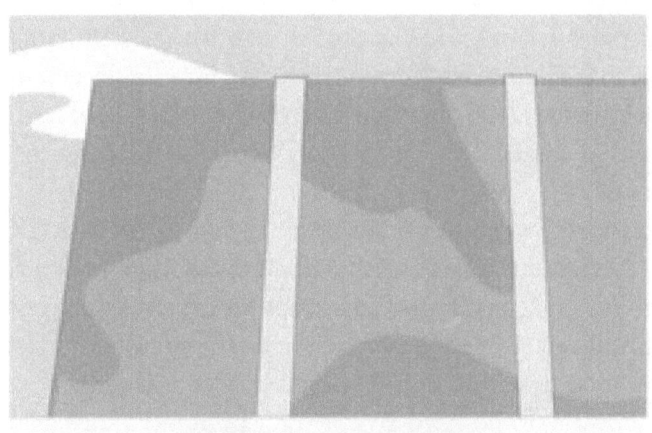

—*Ahí va un puerco más que se lleva la guardia.*

Los de la división anticorrupción fueron a la zona de las obras y vieron el desorden en los campamentos, a los ingenieros disgustados porque no les pagaban a los contratistas y en general el caos típico de cuando alguien está robando y le siguieron la pista al asunto y subieron y encontraron en la cúspide del desorden a don Alejandro, el Ministro. Este señor, más bien joven, pertenecía a una familia decente que se había caracterizado por manejar sus negocios honradamente y cuando detentaba cargos públicos, desempeñarlos con pulcritud.

Alejandro llegó a su puesto después de exhibir una brillante hoja de vida en la cual sobresalían los estudios realizados en ingeniería civil, en algunas de las más prestigiosas universidades del mundo y Oscar, quien tenía cierta predilección por la inteligencia más que por la experiencia y conociendo la historia de la familia, lo nombró en el cargo. La familia de Alejandro, años atrás, adinerada, había sufrido descalabros en sus negocios y el vástago, de quien se sentían tan orgullosos, no disponía de más ingresos que su salario como ministro. Alejandro se casó con una linda niña, actriz de televisión, pobre, pero, aficionada al lujo y muy derrochadora. Alejandro la amaba sin medida y tratando de complacerla, adquirió deudas que no podía pagar, sus tarjetas de crédito estaban siempre a punto de ser canceladas y cedió a la tentación, con un condiscípulo nada honrado, quien había organizado una empresa de obras civiles logró que, el citado, ganara la licitación del término de las carreteras dándole el ministro las claves para que la auditoría de su despacho viera como la mejor propuesta la de "Chucho", su amigo y efectivamente, Chucho ganó el contrato, sobornó a los contralores, la plata le fue girada sin cumplir lo convenido, se la repartió con Alejandro y la guardia fue por los dos, por el auditor y los supervisores de las obras. Oscar sabía que toda la prosperidad de un país se puede ir a pique si no hay un sistema eficaz de detección de la corrupción y gracias a sus desvelos para controlar a los que controlaban y capacitarlos y premiar a los probos, logró que su país fuera calificado como el menos corrupto del segundo mundo, porque Colombia ya no era un país subdesarrollado. Y se aproximaba el cuarto año de su mandato, en el 2001, algunos de los congresistas que lo querían ver repetir período, por patriotismo y no por hacerse a prebendas, organizaron un referendo para modificar la norma constitucional que impedía a los presidentes ser reelegidos y como triunfaron sus propósitos, Oscar participaría en otra elección y le puso mucho entusiasmo a la campaña política porque sabía que, su obra, requería al menos de ocho años para consolidarse.

Su opositor, uno solo porque nadie más se le quiso medir al reto de disputar con un mandatario que tanto bien había hecho al país, fue un viejo caudillo del antiguo y corrupto liberalismo, dueño de maquinarias y de triquiñuelas. Bueno, ni muy viejo sólo era un año mayor que Oscar y además era su pariente ¿o era que Oscar se estaba poniendo muy viejo? El caballero en cuestión se podía calificar, en lo personal, como un hombre honrado, no ambicionaba el dinero, siempre vivió pobre y austeramente, excelente orador, tenía carisma y apostura y poseía el apoyo de toda la cofradía que, en el gobierno de Saner, le había dado tan mala fama al país, ese sería su talón de Aquiles principal, porque tenía más de un talón vulnerable. El otro, era exhibir un socialismo a ultranza que hubiera tenido éxito en una campaña contra Gaviria, pero de ninguna manera contra quien había fortalecido a la clase media y a los obreros les había puesto el salario mínimo cercano a los 400 dólares. Con todo, el adversario sacó a relucir sus mejores argumentos y vetó a Oscar por facistoide, le criticó la guardia a la que calificó de una segunda gestapo y le enrostró la manera cruel y despiadada con la que había acabado con los guerrillas y como había humillado a los viejos maestros a "quienes tanto debía el país". Oscar se defendió mostrando resultados. Retó a su opositor a que le trajera a un solo colombiano quien hubiera sido atropellado injustamente por la guardia y en un debate público, hizo quedar un poco mal al doctor Ignacio, su opositor, por el uso de mentiras y testigos falsos a los que recurría para confundir a la opinión.

Las elecciones repitieron y aún mejoraron lo alcanzado en las anteriores, Oscar sacó el 80% de los sufragios y para evitar la acusación de fraude, invitó a todos los países que desearan enviar observadores a supervisar los comicios y estos salieron muy bien, limpios y transparentes, porque si no fuera así, al Registrador de la Nación lo hubiera ido a buscar la guardia.

La vida personal de Oscar era la de un funcionario monacal, no tenía vicios, bebía muy poco, no fumaba y su afición por las damas, a la que se entregaba antes con tanto entusiasmo, se vio menguada por el exceso de trabajo y la total dedicación a sus deberes. En el pesado período de sus primeros cuatro años de gobierno sólo fue a descansar una vez a la casa presidencial de Cartagena y eso, aprovechando que dio un agasajo a los dignatarios de las potencias mundiales quienes querían y ayudaban económicamente a Colombia. Bueno, no era del todo monacal, tenía algunas amigas que aliviaban el peso de su soledad, eran buenas mujeres, cariñosas, comprensivas y excelentes compañeras de unos sanos momentos de esparcimiento o ¿Es que no es sano hacer el amor con alguna frecuencia?. No era muy dado a estrechar lazos de amistad con sus congéneres, no tenía de sus paisanos varones muy buen concepto, llegó a decir que, el hombre colombiano era una mala caricatura de un pusilánime, porque, ¿Cómo era posible que, habiendo hombres más inteligentes que él y con más recursos, mejor dicho con recursos porque, Oscar, casi carecía del todo de ellos, se habían aguantado cuarenta años sin hacer nada importante por sacar al país de la olla y sí por robar y malversar la riqueza nacional. Además, nunca encontró unos especímenes de las tallas de Alfonso, Enrique y Luis, por eso, sus amigos de esta etapa de su vida, no íntimos, fueron los industriales que le ayudaron a subir al poder, el Senador de la prueba, ya perdonada y no muchos más. Como a sus amigas no las llevaba a Palacio, para no disminuir la dignidad del recinto majestuoso, se veía con ellas en su antiguo apartamento del noroccidente de Bogotá, constituyéndose en un dolor de cabeza para la guardia, su seguridad. Por eso no eran muy frecuentes ese tipo de aventuras. En Palacio permanecía solo, a veces compartía los alimentos con su fiel Lucila, casada ya y con dos niños que le ayudó a encargar su buen exnovio pereirano y ahora cumplido marido. Oscar pasaba las pocas veladas de descanso que se concedía, la mayor parte de las veces dedicado a sus queridas lecturas y a escribir sus memorias las que ayudaron a este biografete a darle cuerpo a su obra con datos que sólo el protagonista conocía.

El segundo año de su segundo gobierno fue de una magnífica cosecha. La industria pesada, que es la que da a un país la verdadera riqueza, porque la clave no es vender materias primas sino manufacturas, en las que, la ganancia, depende del valor agregado, se desarrolló enormemente siguiendo los pasos de Corea del Sur país al que, Oscar, tenía como modelo de desarrollo. El Embajador de Colombia en esa nación contaba con una de las misiones diplomáticas más grandes y se le impuso el deber de informar personalmente a Oscar el resultado de sus observaciones. Así se enteró de la quiebra de la Daewoo, la fabrica coreana que mejores automóviles producía y que tan apreciados eran en Colombia. El embajador le contó que lo sucedido era que la familia dueña de la empresa se había hecho muy poderosa con el engrandecimiento de la fábrica y siendo una sociedad limitada se había sobre extendido más allá de la capacidad de sus integrantes. La lección fue bien aprendida, en Colombia se dispuso que las grandes industrias deberían ser sociedades anónimas, en donde ninguno de los dueños poseería más del 30% de las acciones, el gobierno tendría el 10% de ellas y un miembro del gabinete en su junta directiva.

Se produjeron aviones de turbohélice de 20 pasajeros, barcos de carga hasta de 100.000 toneladas que eran muy apetecidos porque, debido a sus dimensiones, podían pasar por el canal de Panamá. La industria del sonido produjo equipos musicales capaces de competir con lo que se fabricaba en Singapur y se tuvo un paradigma, en pequeño, de Silicon Valley en un desierto al lado de Villa de Leyva, ideal por la sequedad del aire. Allí se produjo el soft ware que competiría con la industria brasileña y taiwanesa. Se fabricaron motocicletas, 100% hechas en Colombia, no se volvió a ensamblar nada. El catálogo de las cosas que se hacían no correspondía sólo a artículos de industria pesada, no se descuidó el mercado de cachivaches en el que China había sido tan exitoso, se fabricaron, pues, portalámparas, corta uñas, herramientas pequeñas, linternas, equipo médico y miles de artículos más que se vendían bien en América Latina que prefería comprarle a Colombia, pues, por sus menores costos de transporte, podía vender más barato.

A pesar de ser mucho más modesto que un barco de 100.000 toneladas o un turbohélice de 20 pasajeros, la estrella de este proceso fue "El Payanés", un carrito de cuatro puertas, sedán, inspirado en el Sprint que la chevrolet vendía en Colombia con tanto suceso, resaltando sus características de: economía de combustible, buenos acabados y rendimiento de primera, su costo en el 2004 era de $3.500,°°pesos, porque la moneda se había puesto a la par con el dólar, pasó con él algo similar a lo que sucedió con el Volks Wagen en Alemania,en tiempos de Adolfito, quien hizo construir un carro de buena calidad para los más pobres y que, en Colombia, tuvo un moderado antecedente con el Renault 4. Se suprimieron los impuestos del 300% a los vehículos y cualquiera podía adquirir un automóvil, incluso los obreros compraban El Payanés, puesto así porque un ingeniero de Popayán lo diseñó, lo pagaban a crédito en cuatro años con cuotas de 100 pesos mensuales. Del Payanés se vendieron, el primer año de producción: 440.000 unidades que se adquirieron, muchas de ellas con seis meses de anticipación. Se colocó muy bien en el exterior, a razón de 250.000 unidades por año, porque su calidad y precio eran insuperables. Con tantos automóviles, porque los importados también se vendían en abundancia, hubo necesidad de construir mejores calles en las ciudades y mejores carreteras en las áreas rurales, no se había visto en Bogotá que una calle durara más de un año en buen estado. Se hicieron muchos puentes, nuevas avenidas en las ciudades, autopistas de verdad y el tráfico fluía y era un placer salir a recorrer el país en el payanés que nunca se varaba. En vías nos empezamos a parecer a Venezuela y se olvidó esa fama propagada por los viajeros internacionales–: "Cuando se coge el primer hueco es que estamos en Colombia".

Colombia tenía una ventaja sobre muchos competidores, en su suelo se conseguían casi todas las materias primas de la industria pesada incluso el molibdeno, necesario para construir aceros muy resistentes.

El producto interno bruto, en el 2003 era de U.S. 570.000 millones de dólares, por primera vez una antigua colonia de España superaba en este guarismo a la madre patria y ¡Olé!

La seguridad del país descansaba en unos soldados muy bien entrenados y sobre todo bien dirigidos. Oscar, cuando vino la paz solía ir a divertirse viendo las maniobras de fin de año que hacía la escuela de cadetes. Allí se ponían en práctica la destreza de los alumnos y muchas de las nuevas armas que el país producía. Igual que Israel, se hizo autosuficiente en la mayor parte de su material de guerra, se fabricaban todas las armas de infantería, algunas de modelos insuperables producidas en el exterior, se manufacturaban en Colombia con licencia. Armas de artillería hasta el cañón de 155 milímetros, autopropulsado. Vehículos de caballería de orugas y de ruedas, algunos, fruto de diseños nacionales y otros hechos según licencia. Se elaboró un muy eficiente detector de minas que sirvió para levantar, sin peligro, las muchas que la guerrilla dejó sembradas en los campos. La Fuerza Aérea, recibió toda la gama de aviones de transporte y uno de entrenamiento, parecido al Tucano que, antes, se compraba en Argentina. Se investigaba y experimentaba para producir un avión de caza superior al kafir israelí. La Armada tuvo, de fabricación nacional, lanchas blindadas para el patrullaje de los ríos y de los mares, de pequeño y de mayor calado y la gloria de recibir la primera corbeta fabricada en el país, con misiles mar-mar y mar-aire. El día de su botadura, Oscar decidió que ya había andado mucho en solitario y que, pese a sus muchos años, había vivido 59 calendarios, debía volverse a casar. La candidata era una congresista costeña con quien había entablado amistad. Se trataba de una dama muy atractiva sin ser bella y llamó la atención del Presidente por la colaboración a sus ideas y el afán de servicio a la comunidad. Estaba separada de un primer matrimonio, pero, no tenía hijos, lo que le parecía bien a Oscar quien creía que, en esta etapa de la vida, el matrimonio era para disfrutar, como diría el gran Alfonso.

Todas las metas con las que Oscar había soñado, Dios, se las había concedido, sabía que sin la ayuda de sus muchos colaboradores y sin la suerte que el Hacedor regala, todo eso se hubiera perdido y le daba gracias por todos los beneficios recibidos. Siendo agnóstico y liberal, tenía una extraña forma de orar: rezaba avemarías con gran fervor y estaba seguro de que lo pedido por ese medio se le daba. Era el único contacto que tenía con su antigua formación católica. Algunos jerarcas amigos le ofrecieron su colaboración para gestionar ante La Santa Rota, la anulación de su matrimonio y así poderse casar con toda la magnificencia del ritual católico. No eran esos los planes de Oscar, siempre tuvo un gran apego por la discreción, por la sencillez y rechazó las propuestas que su

novia respaldaba porque, ella sí quería anular su matrimonio.
– Bueno, si tú quieres anular el tuyo hazlo, pero mal haría yo
haciendo lo mismo con base en mentiras, porque, Gisela fue
una buena mujer y si lo nuestro se acabó no se debió a culpa
de ella. –Eche, tienes razón, esas son pendejadas, nos casamos
en Palacio con un notario amigo que nos eche bastantes flores
y eso sí, organizamos una buena rumba, señor Presidente –
dijo Gloria, que así se llamaba su fiancée y quien era bastante
bromista. Ella y Lucila y el Jefe de Protocolo, quien era ella, no
él, porque, en el segundo mandato, Oscar, se rodeó de mujeres
y en su gabinete sólo había dos hombres: el Ministro de guerra
y el de Justicia, organizaron la boda y salió bien.

Oscar sólo impuso unos muy pocos invitados entre los cuales
estaban Enrique y Alfonso, quien al fin había aparecido, tenía
en Girardot una librería en donde se vendían cerveza, libros y
avena helada. Un día se apareció por Palacio con una pinta de
ministro judío que no podía ser más graciosa, se había dejado una
barbita más bien rala y su atuendo era: un abrigo negro, más o
menos ajustado al cuerpo, un sombrero alón, negro también y un
par de libros debajo del brazo. Fue el visitante de Palacio quien
más pronto obtuvo la audiencia porque, Oscar, había dejado en
manos de su jefe de seguridad instrucciones de que si tal caballero,
incluso acompañó el nombre con una caricatura del personaje, se
hacía presente, inmediatamente se le llevaría a su presencia.

El saludo con él fue muy diferente al que se dio con Enrique,
Alfonso no despertaba nostalgias sino risa y una satisfacción
enorme de que tal tipo se hubiera cruzado en tu camino, se
carcajearon, Oscar con un normal Ja, Ja, Ja y Alfonso con
su característico Jo, Jo, Jo, con el que gustaba de imitar la
risa de Papá Noel. Se abrazaron y Oscar le reclamó por no
haber respondido a los avisos de prensa que puso buscando su
respuesta. Alfonso le dijo–: Aunque no lo creas, troglos, que
así le decían afectuosamente a Oscar, yo soy muy tímido y me
parecía que era un encarte tener un amigo tan importante,

pero, me animé a venir leyendo la vida de Diógenes y tal vez podamos volver a ser amigos si prometes no taparme el sol y no invitarme a ningún acto oficial– Claro que sí– dijo Oscar, venga que tenemos mucho de qué hablar y oiga ¿Desde cuándo le dio por tutear es que se volvió del otro equipo? Ja, Ja, Ja– No, hombre le dijo Alfonso, rojo como un tomate, es que la vejez y el trago le aflojan a uno las meninges. – Bueno –le dijo Oscar sacándolo del despacho presidencial y llevándolo a una salita de la casa privada–, Lucila – gritó–, venga, le presento al espécimen de hombre más espectacular que haya producido la patria–¿Cómo buena la negrita no? –Dijo Alfonso con su habitual picardía. –Quieto. Le dijo Oscar, que la china está felizmente casada– y eso qué importa– Dijo Alfonso – No ve que yo soy impotente, Jo, Jo, jo– Y hablaron y hablaron hasta que la noche fue reemplazada por la sonrosada mañana y ambos se enteraron de sus muchas historias. Dentro de las cosas notables que Alfonso contó estaba aquella de que, el legado de la tal tía rica, que no era tan rica,consistió en un baúl, primorosamente tallado en donde descansaban 117 puñales de todas las formas y materiales con una sola cosa en común : su sobresaliente calidad. Después del estupor que le causó la herencia, en la cual cifraba sus esperanzas para una temprana jubilación se entregó a la más deschavetada de las iras que casi lo conduce a suicidarse con uno de los relucientes puñales: Debió ser asistido con abundante agua de berenjena para que se calmara y cuando lo hizo, recapacitó y dijo: – Como excéntrica la vieja, pero, al fin, el obsequio no está tan mal, esto debe valer una fortuna – Tardó bastantico en salir de las extrañas mercancías, pero,al final sacó de ellas y del baúl, al que también vendió porque, según dijo, no quería conservar nada de esa vieja roñosa, sus buenos 50.000 dólares. Se inventó un cuento para motivar a los turistas de habla no española y fue decirles que, esos puñales, los había utilizado una tía, avezada atracadora del parque central de Nueva York, en cometer sus crímenes, que a cada atraco llevaba un puñal diferente con el cual mataba a sus víctimas para no dejar testigos. Los gringos decían: terrific, amazing y compraban los jodidos puñales. Con el fruto de tales transacciones viajó a Girardot, compró un local de tamaño aceptable e instaló la librería de la que ya se ha hablado y a la que puso por nombre Avelicer por: avena, libros y cerveza. – El negocio es tan bueno que le pude comprar a la atronada de mi hermana la parte de la casa que le correspondió de herencia, esa que tú conociste ahí en la 52 con 11. Allí establecí mi castillo y voy a parar cuando me aburro del calor de Girardot, en ella reposa mi biblioteca principal, tengo más libros particulares aquí que los que hay en Girardot, incluso algunos incunables– ¿Cuándo la vas a conocer? –Ahora mismo, pero si me sigue tuteando lo hago meter preso, ja, ja, ja –dijo Oscar y se fueron. Causó sensación en el modesto sector de Chapinero, en donde estaba la casa de Alfonso, el carro presidencial, los escoltas y la guardia, pero, ahí se bajaron. Alfonso sacó del refrigerador unas cervezas y bebieron, miraron los libros, algunos de los cuales eran extraordinarios y siguieron charlando para desquitarse del tiempo perdido.

Se separaron prometiéndose nuevas visitas que se demoraron hasta que los hados decidieron lo contrario.

El matrimonio dio a Oscar un nuevo sentido de la vida que prácticamente había olvidado, advertir que había una compañera permanente, amor y atención recíprocos y estables, además de una asesora inteligente y acertada en asuntos políticos, fueron los mejores regalos que le deparó la suerte. Veía florecer a su alrededor aquellas cosas que sembró con esfuerzo y que había anhelado tanto y se regocijó. Un Presidente contento también es un regalo para sus conciudadanos, todo se tiñe de una cierta benevolencia, que con gestos aparentemente delicados, puede hacer felices a muchas personas.

Empezó a reducir la presencia del estado en aquellas gestiones que no lo hicieran indispensable. Pensó que las áreas mínimas en las que debería intervenir eran: seguridad, servicios públicos (agua, energía eléctrica, teléfonos, gas, vías), salud, educación, apoyo a la ciencia y relaciones exteriores; casi todo lo demás estaba mejor en manos de particulares y estos lo hacían funcionar idóneamente, de hecho, algunos servicios públicos, educativos, de salud y seguridad marchaban bien en manos del pueblo.

Los colombianos se entregaron con mucho entusiasmo al deporte y mejor alimentados y con más tiempo disponible, la jornada laboral era de 35 horas, se dieron cuenta de que muchos eran dueños de señalados talentos en ese campo y en las olimpiadas del 2004 se pudo superar a Cuba en la medallero general y especialmente en atletismo en donde, los isleños, tenían la supremacía latinoamericana.

El turismo que, desde que Dios creó a Colombia, tenía en esta bella tierra los mejores escenarios en los más variados climas, se hizo una industria poderosa similar a la que existía en México y Brasil. Los colombianos, disponiendo ahora de carreteras bien construidas, podían viajar a la Guajira, a los llanos orientales, al sur, a la costa pacífica, etc., y hacerlo tanto de día como de noche sin el riesgo de ser asaltados o secuestrados. Por las carreteras se veían tracto camiones desplazándose a elevadas velocidades llevando la carga que correspondía a un comercio y a una industria pujantes.

Era un orgullo abrir El Almanaque Mundial y ver, que en aquellos indicadores básicos que hacían referencia a la prosperidad, tales como: esperanza de vida al nacer, en el cual se había alcanzado el nivel de los 76 años ; en perfil cultural, analfabetismo se tenía, desde el 2002 : 0% ; bibliotecas : 4.236 ; ya no aparecía el índice infamante de mortalidad infantil ; el ingreso por habitante era, en el 2004, de US 11.000 ; productos principales de exportación: equipo de transporte, terrestre, marítimo y aéreo, herramientas, maquinarias y equipos, manufacturas ', petróleo y ya no aparecía el café entre las principales porque, el comercio de equipos y afines, lo había relegado a las exportaciones menores.

En el año 2001 se dio un gran impulso al Instituto Nacional de Energía Nuclear, con un presupuesto conveniente, un buen número de científicos colombianos investigaron sobre la materia y sus estudios llevaron a que en el 2002, uno de ellos, descubriera como hacer que las centrales nucleares de fisión lograran manejar sus residuos radiactivos para que perdieran su actividad y por lo tanto su peligrosidad. El proceso, aunque complicado y costoso, le hizo ganar al compatriota el premio nobel en física y una gran fama mundial porque, los países del club de la energía nuclear, se apresuraron a implantar el novedoso sistema, tan útil para la ecología mundial que, aunque oneroso, lo era mucho menos que el encarte que hasta la fecha significaban los molestos residuos. En lo fundamental consistía el método de limpieza, solo posible en los reactores heterogéneos, en donde el combustible se organiza en pequeñas agrupaciones dentro del material moderador, en tratar los residuos en un recipiente formado por un conductor a una temperatura próxima al cero absoluto, en ese estado someterlos a una gran presión y esto lograría que el plutonio se transformara en un elemento más liviano, por ejemplo el erbio, con un peso atómico de 167,26 que, por no ser radioactivo, se podía desechar colocándolo en cualquier lugar bajo tierra, a poca profundidad y sin las muy costosas precauciones que hasta ese momento exigían los residuos radioactivos. Con ese genial descubrimiento y la distinción que para Colombia significaba haber obtenido un nobel en ciencias, el gobierno se animó a construir en la región de Puerto López una central nuclear, la primera libre del peligro de sus residuos en el mundo. Oscar fue encantado a poner "la primera piedra", realmente un reactor lo que más tiene es cemento y acero, pero la expresión es válida porque refleja el interés de un constructor en celebrar el inicio de una obra que parece de gran utilidad. A muy pocas de estas ceremonias asistía el Presidente, porque siendo tantas y tan importantes las obras que ahora se construían, carreteras, puentes, hospitales, laboratorios, etc., no le sería posible hacer otra cosa y además tales situaciones le parecían un poco aburridas. La central nuclear de Puerto López daría energía eléctrica a un sector muy extenso del oriente del país permitiendo su industrialización, Pronto empezaría a llegar gente de todas partes de Colombia y del extranjero a crear fábricas de cervezas, de conservas, de ventiladores y aires acondicionados, de bicicletas, lanchas y motores fuera de borda, etc.

El año siguiente otro colombiano estuvo a punto de repetir el nobel de física al construir una bobina sin colector, pero se consideró que, siendo muy notable la producción, era más perteneciente al área de la mecánica eléctrica que de la física en donde debería darse una fundamentación teórica más sólida y la hechura de la aludida bobina había dependido bastante de la experimentación empírica, al estilo de la que hacía Edison aunque, la parte matemática del proyecto, era de una señalada riqueza.

Inspirados en las obras de control de inundaciones que los norteamericanos construyeron en el río Tennessee se hicieron unas similares en los ríos Cauca y Magdalena que, cuando llegaban las temporadas de lluvias destruían zonas ribereñas muy bastas por el efecto del anegamiento. Ya se había terminado el dragado del río Magdalena, que se repetía cuando era necesario, complementado con arborización en sus orillas y estas obras, que tenían fines turísticos y comerciales, ayudaron bastante a la domesticación del río. De Honda a Barranquilla hacían la ruta de pasajeros unos vapores construidos al estilo de los que navegaban a comienzos de siglo, con grandes ruedas de aspas y adecuadas comodidades, Oscar hizo un viaje en uno de ellos llamado Puerto Colombia, acompañado de

Gloria, de su escolta y de un librito que lo había divertido mucho en los tiempos del cuarteto de la suerte, se trataba del Epistolario De Un Joven Pobre, de Lucas Caballero "Klim", en donde relataba sus aventuras en un vapor del Magdalena cuyo Capitán era un tipo muy folclórico, quien intimidaba a los pasajeros y con cualquier motivo decía esta frase lapidaria: "Esto es así y lo demás son maricaas".

el gobierno se animó a construir en la región de Puerto López una central nuclear, la primera libre del peligro de sus residuos en el mundo...

A pesar de no estar muy lejanos en el tiempo, se veían como muy remotos aquellos días en los que, el único científico colombiano notable era el Profesor Patarroyo, surgieron otros muy destacados en el campo de la medicina y la bacteriología que lograron la erradicación de enfermedades endémicas como la leishmaniasis y otras de características epidémicas leves, pero muy peligrosas, como la lepra y la tuberculosis, siendo los avances en el control del sida los más importantes de los últimos tiempos al lograr que, el virus, atacara una determinada bacteria, común en el organismo humano, se concentrara en ella y a esa la combatirían bacteriófagos que, destruirían la bacteria y con ella el mortal virus del sida.

Leyendo la historia de los Estados Unidos de Quakenbos, encontró Oscar una gran analogía entre la situación de este país a comienzos de siglo y la de Colombia en su tiempo, siendo las características comunes las que hacían referencia al espíritu emprendedor, al entusiasmo ante los nuevos retos y como a un deseo de conquistar las más difíciles alturas; era como un remezón en el espíritu del pueblo, comparado con el que se sintió con el triunfo que, hacía un decenio, había alcanzado Colombia contra Argentina en un partido de futbol, pero, que en esta oportunidad sí era reforzado por el estímulo de nuevas hazañas que hacían creer que se poseía un vigor y un deseo de acertar insuperables. Los E.E.U.U. habían conquistado El Lejano Oeste. A Colombia le correspondía conquistar el cercano oriente, tan descuidado desde los tiempos de las caucheras denunciado por José Eustacio Rivera y ahora dizque dedicado al cultivo de los narcóticos; eso ya se había erradicado, pero, aún faltaba la presencia incuestionable del progreso a la que contribuirían las carreteras de las que ya se ha hablado y la termoeléctrica nuclear.

Un día llegó a pedir audiencia con el Presidente un delegado de las poblaciones de inmigrantes procedentes de Venezuela, Ecuador, Perú y Panamá, que habían crecido mucho en los últimos tres años pues, se había pasado de unos 1.500 ciudadanos de esos países a más de 60.000, la mitad de ellos ilegales, pese a que los controles a la inmigración eran muy estrictos. Oscar, aunque no era partidario de la inmigración a Colombia de ciudadanos de países fronterizos subdesarrollados que, lo mismo que le pasaba a Venezuela en sus épocas de esplendor y a Brasil, llevaban problemas más que desarrollo, los recibió, animado de ese espíritu liberal que le hacía oír, averiguar, investigar antes que dejarse llevar de un prejuicio y sostuvo con el señor Armenteros, peruano, la siguiente conversación:

–Le recibo porque siempre he sido partidario de la amistad entre los pueblos, más si son vecinos, aunque usted comprenderá que no sea particularmente simpatizante de la inmigración indiscriminada que le quitaría oportunidades de trabajo a mi pueblo, no estoy en la situación de Estados Unidos que, el siglo pasado tenía cuarenta millones de habitantes, después de la guerra civil y necesitaba poblar y explotar un territorio de más de nueve millones de kilómetros cuadrados, por eso abrió la inmigración pero no a cualquiera sino a europeos que traían habilidad agrícola, técnica y en general brillo cultural, hoy, en el 2004, Colombia tiene cuarenta y tres millones de habitantes y ellos son suficientes para poblar y explotar el millón de kilómetros largo que tenemos de superficie, entonces, le pido que considere con sensatez lo que me va a impetrar, para no hacerme pasar por la vergüenza de una negativa–Dijo Oscar.

–Sí señor Presidente, el comité que tengo el honor de presidir ya consideró esas razones porque son muy evidentes y las respetamos, aun así me he atrevido a hablarle porque le traigo una propuesta que puede ser satisfactoria para ambas partes– Dijo Armenteros–.

–Lo escucho, pues– Dijo Oscar.

–Señor Presidente algunas de las personas que hemos entrado al país, legal o ilegalmente o mejor dicho, la mayoría de ellas, ya tenemos oficios estables y estamos muy satisfechos de contribuir, así sea con un pequeño grano de arena, al fortalecimiento de este país, al cual hemos aprendido a querer. El motivo principal de mi visita es pedirle que se instruya a las autoridades para que a quienes ya tenemos trabajos, cuya existencia podamos probar, se nos dé la carta de residencia y no se nos deporte como lo han venido haciendo. Con el ejemplo de Colombia nuestros países también están haciendo esfuerzos importantes por mejorar las condiciones de vida de sus nacionales de manera que, es posible que algunos de los nuestros regresen allá porque, la patria, jala más que la comodidad –dijo Armenteros.

–Lo que usted dice me parece razonable y voy a dar instrucciones en tal sentido y ¿cuál es el otro asunto? –dijo Oscar.

–Lo segundo se refiere a que, a quienes nos queremos quedar en Colombia se nos permita que los hijos puedan cumplir con el servicio militar obligatorio que nuevamente impera aquí – dijo Armenteros.

-Eso sí no se va a poder, al menos para los de la primera generación, porque una ley, cuya aprobación yo mismo impulsé, dice que para poder prestar servicio militar en Colombia hay que haber nacido en este país y para los descendientes de extranjeros, esto es válido sólo hasta la segunda generación de nacidos aquí –dijo Oscar- Fue muy grato oírle, Gracias y despidió al emisario.

Como la anterior petición había muchas solicitudes que la gente quería tramitar ante el Presidente porque, le tenían confianza en el sentido de creer que él cumplía lo prometido. Entonces, conociendo Oscar la sensibilidad humana de la primera dama y su gran capacidad de trabajo, le pidió que le ayudara a organizar algo que se llamaría "los jueves de la primera dama" que consistirían en audiencias públicas en donde algunos elegidos le presentaban al gobierno, a través de ella, sus solicitudes. Algo similar a lo que sucedía a Oscar cuando sentía dudas o temor: Pedía a Dios a través de su primera dama, María.

Después de buscar un sitio conveniente, que no fuera muy espacioso para que no hubiera ambiente de soledad porque, Gloria no atendería a más de ocho personas por día a razón de una cada hora. Se escogió un lugar al que fuera fácil asegurarlo porque, la esposa del Presidente, podría parecer un blanco deseable a los vengativos enemigos del régimen. Así, se escogió la sala Arciniegas de La Biblioteca Nacional ya que, además, quedaba cerca de Palacio y también, aunque aparentemente esto no tuviera nada que ver con las otras razones, porque era un lugar muy querido por el Presidente y él creía en una leyenda de los indios cheyenes: que las cosas queridas tienen una especie de poder llamado Manitú que brinda protección.

El horario de atención a los necesitados sería de 8 a.m. a 4p.m. de esta manera, el tiempo del almuerzo, al que eran invitados los asistentes a la audiencia, se aprovechaba para compartir con ellos en un ambiente más informal.

El procedimiento para que una persona llegara a esas audiencias era enviar a la Presidencia de la República, con destino a la primera dama, una carta de solicitud en la que se incluía la hoja de vida, una fotografía y el motivo de la solicitud. Las cartas las recibía la secretaria privada de Gloria, una funcionaria más que despierta, poseedora de buen sentido, quien, hacía la selección de los ocho de la audiencia semanal. Muchas de las cartas no daban para un tratamiento como el previsto en esas audiencias, no faltaba la señora que pretendía que se le ayudara a que las gardenias, que mantenía en su balcón, no se marchitaran; o el señor quien trataba de hacerse perdonar una multa por pasarse un semáforo en rojo argumentando que, en ese momento, se le había metido una basurita en el ojo; o la empleada del servicio doméstico que deseaba ayuda para ganarse la lotería. Tampoco eran aceptadas para la audiencia con la primera dama aquellas solicitudes que, aunque justas y bien fundamentadas, podían ser fácilmente resueltas por un funcionario del estado. Esas eran enviadas a la autoridad pertinente, con una nota de Gloria pidiéndole al encargado del despacho la atención debida. De todas maneras, Gloria, revisaba con su asistente las solicitudes rechazadas para estar seguras de que los criterios empleados en su negativa no fueran a dejar sin atención una solicitud realmente necesitada de la ayuda presidencial.

Estas audiencias empezaron a realizarse y fueron un motivo más de aprecio de la gente por su presidente quien sentía verdadero afecto por su pueblo.

Hubo un caso, de la esposa de un Mayor del Ejército quien vivía con su marido en una base del Guaviare, destacado muy cerca de la frontera como la mayoría de los miembros de esa institución, a quien le habían descubierto cáncer linfático y los médicos le habían recomendado que viajara a Bogotá a tratarse en el Hospital Militar. El Mayor no aceptó la sugerencia y no pidió a sus jefes el traslado necesario sino que, le dijo a su mujer–: Mira, esto es incurable, no quiero que me martiricen con la quimioterapia, prefiero morir en el servicio, dignamente, cumpliendo con mi deber. La señora del oficial – sin comentarle a su esposo del asunto - habló con sus jefes y estos le dijeron que nada podían hacer porque, ante todo, debían respetar la voluntad de su subalterno, quien era un excelente militar y cumplido caballero.

Gloria le pasó el asunto al Presidente, quien, le ordenó al Ministro de Defensa que llamara al Mayor a su despacho y lo convenciera de que se hiciera el tratamiento en Bogotá y su gestión fue afortunada, sin que los progresos en la salud del Mayor González se notaran porque, el cáncer, estaba ya muy avanzado hasta que, como se verá, hubo algo…

Otro, fue el caso de una madre comunitaria a quien, por haber cumplido sesenta años de edad, no la podía tener más en el programa El Instituto de Bienestar Familiar, pese a que ella había enseñado certificaciones médicas con las que probaba su buen estado de salud. Según se estableció era una madre cuidadosa que trataba con cariño a los pequeños, estos la querían y como en general su trabajo era bueno para la sociedad, El Presidente expidió un decreto logrando la excepción a la ley que sus facultades le permitían.

No obstante ser rechazadas ciertas solicitudes de audiencia con la primera dama no siempre se iban los peticionarios con las manos vacías, Gloria poseía uno de los dones más importantes que se conceden a un ser humano : el sentido del humor y eso se convertía, por ejemplo, en enviarle a la muchacha de la lotería un billete del premio mayor de alguna de las que había en el país, al señor de la multa un frasco de un colirio para los ojos y a la señora de las gardenias un sobrecito de abono para flores.

Había una famosa periodista de un canal de televisión, llamada Cecilia Jurisati quien dirigía un programa de entrevistas al que llamaba "La Tarde" porque se hacía a las 6p.m., por él habían pasado los personajes más notables de Colombia y del exterior que la visitaban y allí se ventilaban los más críticos problemas que afectaban al pueblo, sobre cuyas soluciones u opiniones participaba el público llamando a unos teléfonos que recibían sus comentarios. Era el año 2004, faltando dos para terminar el segundo período presidencial de Oscar y vino la petición de la entrevista que, el Presidente, aceptó de buen grado. Fue así:

C.J.–: Presidente, terminado su segundo mandato ¿estaría dispuesto a probar suerte con otra reelección?

O.: - No, ya veo que los proyectos que requerían más de cuatro años para realizarse están cumplidos o muy avanzados, como es el caso de las carreteras de penetración, el desarrollo de la industria pesada, el impulso a la ciencia y a la tecnología, la construcción de la central nuclear de Puerto López y tal vez lo más importante, librar al país de las bandas de maleantes que oprimían a las gentes y que nos tenían sumidos en el atraso.

C.J.: -Y si la opinión pública reclamara su presencia en el poder otros cuatro más ¿Qué haría? O.: Le daría las gracias y de todas maneras me retiraría.

C.J.: -La mayoría de la gente lo quiere, pero también hay sectores que le critican muchas cosas ¿No le molesta que mencionemos algunas de ellas?

O.: - No, creo que para eso son las entrevistas.

C.J.: - Su perdón a los paramilitares, dicen, que revela en usted un afecto por las formas fascistas de comportamiento y un desconocimiento al valor idealista de la guerrilla.

IO.: - Pues no me parece, Cecilia, que a la gente se la pueda juzgar por ciertas ideas, actitudes o formas que le gusten, si en mi gobierno se ha permitido la actividad política y la prensa de cualesquiera filosofías, no veo por qué al presidente se le juzgue por sus gustos, sobre todo si estos no perjudican a nadie. Si alguien ha sido atropellado en mi gobierno, por su manera de pensar, que lo diga, en él se ha perseguido es a la gente que actúa de manera nociva para la sociedad, lo mismo que se me debe juzgar a mi, por lo que hago y no por lo que pienso o me gusta. Ahora, si profundizamos un poco en el asunto, deberé decir que, nunca me pareció justo que se criticara tanto a los paramilitares por combatir a la guerrilla porque, eso era como reconocer que la guerrilla no era un problema al que debiera combatirse y sí lo era, mucho más que los paramilitares que nacieron como una reacción a los atropellos de la guerrilla, no olvide que Fidel y Carlos Castaño aparecieron en la escena de la guerra porque a su padre se lo secuestró y asesinó la guerrilla. En Colombia ha habido mucha hipocresía y mucho cinismo sobre este particular y a eso me he opuesto y eso le gusta a la mayoría. ¿Qué tal esa actitud de la guerrilla de pretender exigirle al gobierno que, para hablar de la paz, debía destruirle primero a sus enemigos?, me parecía una bobada enorme y hubo bobitos que le jalaron a eso. Y sí, siempre desconocí los valores idealistas de nuestra guerrilla de los últimos treinta años, no por fanatismo o por capricho sino, porque tal motivación no se le puede conceder al que secuestra niños y ancianos y al que asesina indiscriminadamente a toda suerte de personas y mucho menos al que vive de usufructuar el narcotráfico.

—Presidente, terminado su segundo mandato ¿estaría dispuesto a probar suerte con otra reelección?

C.J.: - Pero, los paramilitares también asesinaron y usufructuaron el narcotráfico, ¿por qué les concedió una condición de idealistas? O.: - En cuanto a moralidad el asunto de los paramilitares y el de los guerrilleros se parece al de las clases de demonios que hay en el antiguo testamento en donde unos se ven peores que otros; siempre les critiqué a los paras que vivieran del narcotráfico, eso los deslegitimó porque, si sólo se hubieran dedicado a combatir a la guerrilla creo, que la mayoría de la nación los hubiera apoyado y seguido. Porque no confiaba en que sus presidentes dejaran actuar a las fuerzas armadas.

C.J.: - Aun así y perdóneme que insista en ello, pero, es que esto es muy interesante, que la gente sepa cómo piensa y por qué actuó su presidente. Sin embargo, los paras asesinaban a gente inocente ¿Cómo pueden ser idealistas?

O.: - Bueno, yo no he dicho nunca que los paras fueran idealistas, he afirmado sí, que cumplieron el papel muy positivo de combatir a la guerrilla en el momento en que, presidentes pusilánimes o traidores al estado de derecho, frenaban a sus fuerzas militares para que incumplieran con su deber, o peor, ponían en los altos mandos a generales tan ineptos, tan poco militares, tan poco profesionales, que no constituyeran amenazas creíbles para las guerrillas; por otro lado no creo que los asesinados por los paras fueran inocentes, desarmados algunas veces, sí, inocentes, no. Si no fueran guerrilleros o auxiliadores de la guerrilla a quienes ellos mataban ¿Por qué desaparecían las guerrillas de las zonas dónde ellos llegaban? Si mataran a don Pablo Díaz, honrado carpintero del pueblo, quien no tuviera nada que ver con la guerrilla, pues, los guerrilleros no se hubieran ido porque, ¿Qué importaba a los guerrilleros que algún loco despistado o depravado matara a don Pablo Díaz?

-C.J.: ¿Por qué le gustan las formas del nazismo, en ciertas costumbres y en ciertos ceremoniales?

O.: - Ciertas formas son propensas a la disciplina, tan necesaria cuando se trata de enderezar un árbol tan torcido como era el de Colombia cuando yo la recibí para mi mandato. Si uno las usa con racionalidad y moderación, sin irse a extremos, sin usarlas como fundamento de fanatismos locos, pueden ser muy útiles para lograr la lealtad y la adhesión. Fíjese que tales gustos no me han impedido ser un mandatario humanitario, liberal y democrático.

C.J.: - Sí, señor Presidente, se comprende porque lo quiere la gente. Ahora, cambiando de tema ¿No cree que el que mucho abarca poco aprieta? le digo esto porque usted se ha embarcado en algunos proyectos que ciertas personas juzgan de faraónicos.

O.: - No, no creo que a Colombia le quede grande ninguno de los proyectos que se han acometido, si así fuera estarían nuestras finanzas en problemas y vea: no tenemos deuda externa ¡Por primera vez en la historia del país no debemos un peso! Nos autofinanciamos. Tenemos las más grandes reservas de todos los tiempos no sólo en dólares sino en oro y sobre todo, en industria, que es la variable económica que más valoriza la moneda. A pesar de no tener devaluación nuestras exportaciones son cada vez mayores porque, gracias a nuestro desarrollo tecnológico, producimos a bajo precio y con excelente calidad; faraónicas fueran las obras si se hicieran con esclavos a quienes no se les entregara ningún salario, pero, nuestros obreros, ganan los mejores sueldos del área latinoamericana y si usted habla con ellos no están aburridos como los esclavos del faraón. Ay, Cecilia a usted como que le están saliendo los tiros por la culata.

C.J.: - No, señor Presidente, mi ánimo no es molestar- dijo poniéndose más que sonrosada- trato es de que, las personas, oigan, de su propia voz, las respuestas a objeciones, que algunas de ellas le formulan.

O.: - Muy bien ¿Qué más?

C.J.: - Fin de la entrevista. Ja, Ja, Ja.

La encuesta telefónica realizada arrojó los siguientes resultados:

A la primera pregunta ¿Cree usted que el Presidente es sincero? el 97% de 37.800 llamadas contestó: Sí . El 2% contestó: No. El 1% afirmó no saber.

A la segunda pregunta ¿Cree usted que el Presidente dijo la verdad? el 99% dijo : Sí . el 1% dijo : No.

A comienzos del año 2005 sucedió el primer y único gran conflicto laboral de su mandato. Se debió al adelanto tecnológico del país. La mayoría de las fábricas de manufacturas y sobre todo las de alimentos, se dieron cuenta de que la robótica podía manejar con mayor precisión y especialmente con mayor limpieza los procesos mecánicos que los obreros humanos y desde el año anterior, casi sin que se notara, empezaron a despedir personal. La gente no se quejó porque ahí estaba el subsidio de desempleo y había muchas oportunidades en otros campos en donde era fácil entrar a trabajar. Pero sucedió que, de manera más o menos simultánea : la industria automotriz, la de electrodomésticos, de fabricantes de salchichas, galletas, productos lácteos y panadería de escala, decidieron dejar cesantes a las dos terceras partes de sus colaboradores, eso eran muchas personas, algo así como ciento noventa mil empleados y la bomba estalló. Los sindicatos no afectados apoyaron a sus compañeros despedidos y se votó la huelga general. Fue un momento de epifanía para los enemigos del régimen. –Ahora si va a ver el fascistoide como es de bueno lidiar con los obreros enfurecidos- Y la lidia se dio. Lo que primero pasó fue que la huelga general no paró nada porque organizada la producción con ayudas cibernéticas, las fábricas siguieron funcionando, los mercados se abastecieron y el comercio interno y externo siguió operando. Entonces vinieron las grandes ideas ¿Qué tal un poco de vandalismo? ¿Qué tal unos camiones de

distribución quemados aquí o una fábrica asaltada allá?
– No, mijo, dijo la mayoría, yo no le jalo a eso, hablemos,
que el gobierno escuchará y resolverá.- No, hay que hacerle
sentir la fuerza del proletariado a ese desgraciado, tratémoslo
con mano dura.- Dijeron los de la mano dura. Pasó que el
Ministro de Trabajo ya había reunido la mesa de concertación
con los sindicatos y ya se discutía el paso del obrero manual al
del trabajo robotizado sin desmejorar la calidad de vida de los
ciudadanos. -Eso sí- les dijo el ministro- si ustedes no aceptan
mis propuestas pueden seguir en huelga, pero, sin tirar una
piedra, sin herir o molestar a nadie porque la represión será
rápida y enérgica-. Los bárbaros salieron a hacer sus desmanes,
la policía también salió y les produjo dolor. Dos sujetos, quienes
fueron sorprendidos en flagrancia, tratando de quemar un bus,
fueron abatidos por la fuerza pública, 20 tira piedras fueron
presos, acusados de asonada y jueces diligentes y rápidos les
dieron de a cuatro años de cárcel a cada uno.

Otros trataron de taponar las vías y la policía llegó con grúas
y se llevó los obstáculos que habían atravesado en ellas fueran
automóviles, camiones o canecas; a quienes tiraron piedras o
bombas papas se les golpeó, detuvo y procesó. Nada de borrón
ni cuenta nueva porque, la filosofía del nuevo gobierno era que
nadie podía fastidiar impunemente a otros ni los particulares
ni el gobierno y las protestas no servirían para empobrecer a
los inocentes. Las huelgas no podrían tener otra manera de
expresarse que la cesación de actividades. El gobierno no era
indiferente a la situación de los trabajadores despedidos. Desde
hacía meses tenía un plan de contingencia para usarlo ante
una situación como la aludida, se trataba de reconocer que en
el mundo actual y más en el del futuro, con una población
en permanente crecimiento se estaban volviendo artículos de
primera necesidad y de demanda prioritaria, los alimentos,
porque, el agua escaseaba y muchas de las tierras del planeta no
eran aptas para el cultivo de manera que, los países con tierras

fértiles y aguas abundantes como Brasil, Argentina, Estados Unidos y COLOMBIA estaban llamados a ser los más ricos. Colombia no tenía unas tierras tan privilegiadas como las de Argentina, cuya capa vegetal en sus vastas sabanas mide más de 15 metros de espesor, aunque contaba con algunas regiones que se le acercan un poco en el Tolima, Cundinamarca, Boyacá, las sabanas de Bolívar, etc., pero, el gobierno no estaba pensando en esas tierras ricas para una gran industria de alimentos sino en las tierras semiáridas de consistencia arenosa y laterítica muy abundantes en los llanos orientales y tan pobres que, para alimentar una res, se necesitan tres o cuatro hectáreas de pastos porque la producción es muy baja. Bien, esas tierras con pocos nutrientes, pero, bien surtidas de agua y con buenas vías de acceso, se prestan de muy conveniente manera para los cultivos hidropónicos. Se había estudiado un área cuadrada de 50 kilómetros de lado en el Vichada, estaba comprendida entre los caseríos de Tres Matas, El Percal, Sarto y Nazaret con aguas abundantes provistas por el río Tomo y los caños Beberí y Guacamayas para establecer mil estancias de 2,5 kilómetros cuadrados cada una, atendidas por grupos de cien personas que tratarían de constituirse en colonias permanentes para poblar esta región; tendrían cerca el centro experimental de Gaviotas y de allí vendría la asesoría técnica para aprovechar la naturaleza según sus características. Las viviendas tenían una estructura elevada, como palafitos porque, en invierno, los caños se salen de madre e inundan el territorio, cada familia tendría, para uso en esa estación, una lancha con motor fuera de borda para la comunicación inmediata entre los vecinos y los centros de acopio, el transporte por carretera no se interrumpiría porque, previendo las inundaciones, la bancada sobre la que se tendió el pavimento se hizo suficientemente alta como para estar sobre la cota más alta a la que pudiera llegar el agua. Este plan estaba dotado de presupuesto, planos para lo sectores de cultivo, las viviendas, previsiones sobre los insumos, herramientas, equipos e instalaciones que el complejo hidropónico requeriría, las semillas de los productos más adecuados para el área y los que más demanda tenían. Ese era el proyectico que el Ministro de Trabajo le exponía a los obreros de los sindicatos afectados, mientras, unos inadaptados sembraban el desorden en un país que se había vuelto tranquilo. La mayoría de ellos aceptaron lo que, en realidad sería una bonita aventura y un buen negocio, funcionaría como una cooperativa de la cual formaría parte el gobierno, así se garantizaría el apoyo inicial y después, cuando las ganancias comenzaran a llegar, la nación recuperaría lo invertido. Los obreros despedidos de las fábricas en proceso de automatización total, con el dinero que les dieron como auxilio de cesantía y con el apoyo del seguro de desempleo, montaron microempresas, muchas de ellas para producirles artículos a las mismas fábricas que los habían despedido, tales como: útiles de aseo, sellantes de tuberías, tapizados para ciertas áreas de las factorías, etc.

Y la vida siguió, por primera vez en Colombia la mayoría de la gente, según una encuesta que se hizo para conocer el estado de ánimo de la población, arrojó como resultado, que se sentía feliz porque, tenía resueltas sus necesidades fundamentales, podía ahorrar, practicar algún deporte, hacer turismo bueno y barato y disfrutar de seguridad, ¡Se podía practicar el camping en las zonas rurales! ya no era necesario cerrarlo todo con llave, se respetaba lo ajeno. La población colombiana aumentó, no por culpa del crecimiento vegetativo porque, el control a la natalidad, se hizo una práctica frecuente, sino, por el retorno masivo de los emigrantes, no sólo los adinerados quienes vinieron en la primera ola, sino, los pobres, quienes se habían ido a Venezuela o a Estados Unidos a buscar mejores oportunidades. El Presidente no había tenido conflictos graves, salvo el originado por un terremoto que devastó la zona de Tumaco, en el sur occidente del país que, con la cooperación de las otras regiones, se pudo controlar en sus efectos llevando la ayuda requerida a las personas que perdieron sus viviendas y otras pertenencias.

Aunque la vida era hermosa y la felicidad de su pueblo alegraba a Oscar, en su existencia personal apareció una negra nube de tormenta. A su amada esposa Gloria le fue descubierto un cáncer en la vesícula biliar.

La medicina era una de las ciencias que más había progresado en Colombia desde que iniciara el gobierno de Oscar, se habían erradicado endemias, enfermedades muy graves, se consiguieron adelantos notables en equipo y en técnicas quirúrgicas, pero, en lo que al cáncer se refiere, continuaba el país, como el resto del mundo, sometido a los caprichos de esta enfermedad inestable. Algunos médicos de la especialidad afirmaban que tal dolencia era curable, mas, esta era una apreciación optimista que, para que se hiciera realidad, dependía de que el paciente contara con especiales condiciones de fortaleza y no del avance de la ciencia. Los tratamientos de quimioterapia, que eran la herramienta de trabajo principal de los oncólogos, dejaban al paciente tan maltrecho como un trapo viejo y muchas personas preferían morir a pasar por las desventuras que tal proceso implicaba: caída de los dientes, del cabello, adelgazamiento excesivo, etc. Dentro de esa clase de personas estaba Gloria. Preguntó a los médicos cuánto le quedaría de vida si no se trataba y le respondieron que no más de un año. Ella fue a donde su esposo y le dijo—: Bueno, Oscarín, este tiempo a tu lado ha sido uno de los más bellos de mi vida, si no quieres acompañarme en lo que me queda, convertido en el enfermero más importante del país, estoy dispuesta a darte el divorcio y si no, entrégale el puesto al designado y pasa conmigo el año que me resta tomando ron blanco y parrandeando.- Oscar la tomó en sus brazos, la mimó y le dijo: - ni lo uno ni lo otro, yo te prometo que voy a mover cielo y tierra pero, tú, te vas a curar sin necesidad de martirizarte, ahora, que si quieres que sea un motivo para que nos tomemos un roncito, nos lo tomamos.-

Oscar no se sentía, ni mucho menos, seguro de poder cumplir lo que había prometido, pero, dijo : Haré lo mejor que pueda. – Y eso fue que, reunió a los mejores especialistas en cancerología y les consultó, todos se mostraron pesimistas de que, sin "la quimio", pudieran hacer algo significativo, menos un joven médico de esos que son aficionados al internet quien dijo–: Algo vi en una página que decía de un medicamento milagroso que, en los Estados Unidos, fue descubierto hace cuarenta años y prohibida su venta y fabricación porque, aunque curaba el cáncer, al poco tiempo producía unas secuelas terribles. Mañana le bajo la página y se la traigo- Dijo el médico. – Mañana no – respondió Oscar- vamos a buscar la dichosa página ya ¿prefiere que busquemos su computador o trabajamos en uno de los de Palacio? aquí tengo el último Equipo de IBM.- Agradezco mucho a los doctores quienes atendieron mi petición y si me permiten me retiro a lo que oyeron –

-Aquí está bien, señor Presidente- dijo el médico - al fin, que como está en internet cualquier equipo ha de servir- Lucila – llamó Oscar- acompáñanos, que tú eres más hábil que yo con eso -. Y se pusieron a buscar y encontraron una página en donde decía :" Ramsden, C.C. Speculations on a Universal Antibiotic, Nature, 112, 44-7. A continuación se hallaba el siguiente texto: "La kalonita es quizá el secreto americano mejor guardado del último decenio. Se trataba de una droga descubierta por Jensen Pharmaceuticals en la primavera de 1965, producto químico experimental designado como WJ-44856U o abreviadamente, Z-8. Lo habían hallado en el curso de las pruebas habituales a las que sometían a todos los compuestos nuevos.

"La droga, supo la Jensen, inhibía la metaplasia, el paso de las células orgánicas a una forma nueva y extraña, precursora del cáncer. Los de Jensen se sintieron muy excitados y sometieron a la droga a programas intensivos de estudio.

Oscar la tomó en sus brazos, la mimó y le dijo: - ni lo uno ni lo otro, yo te prometo que voy a mover cielo y tierra pero, tú, te vas a curar sin necesidad de martirizarte,

"Allá por septiembre de 1965, no cabía la menor duda: la Kalonita detenía el cáncer. Mediante un mecanismo desconocido, inhibía la reproducción del virus causante de la leucemia mielígena. Los animales que tomaban la droga no contraían la enfermedad y si se administraba a los que ya la manifestaban, el mal experimentaba en ellos una regresión notable.

"En la Jensen reinaba un entusiasmo incontenible. Pronto se reconoció que la droga constituía un agente viral de amplio espectro. Mataba el virus de la polio, la rabia, la leucemia y la verruga común. Y cosa rara mataba también las bacterias.

Y los hongos.

Y los parásitos

"Fuese por lo que fuere, la droga actuaba de modo que destruía todos los organismos de estructura unicelular o inferior aún. No tenía efecto alguno sobre los sistemas organizados; los grupos de células organizados en unidades mayores. En este aspecto, poseía una tendencia perfectamente selectiva.

"En verdad, la Kalonita era el antibiótico universal. Lo mataba todo, hasta los gérmenes menores causantes del resfriado común. Naturalmente, había efectos secundarios – destruía las bacterias normales del intestino, de modo que todos los que tomaban la droga sufrían diarrea copiosa – pero esto parecía un precio pequeño para un remedio contra el cáncer.

"En febrero de 1966 se emprendió una prueba clínica piloto, comprendiendo a veinte pacientes de cáncer incurable y a veinte voluntarios normales de la cárcel del Estado de Alabama. Los cuarenta sujetos tomaron la droga diariamente durante un mes. Los resultados fueron tal como se esperaba: los sujetos normales experimentaban efectos secundarios desagradables, aunque nada grave.

"Los pacientes de cáncer mostraban remisiones pasmosas de síntomas, casi equivalentes a la curación.

"El día 1 de marzo de 1966 se cortó la administración de la droga a los cuarenta hombres. Antes de las seis horas habían fallecido todos.

"Aunque con renuencia, la Jensen decidió suspender definitivamente los estudios sobre la droga. El gobierno, adivinando lo que sucedía, suprimió sin piedad todo conocimiento y todo experimento referentes a la droga Kalonita."

-¿Cómo atortolante la cosa no? —dijo el médico. —sí pero es mi principal esperanza – respondió Oscar -¿Cómo puedo conseguir esa información? – Lo veo muy difícil – respondió el doctor - porque los medicamentos prohibidos y la información que les concierne, son guardados bajo pena, es un delito federal su utilización y divulgación sin el permiso del gobierno –

Se hizo un prolongado silencio, Oscar despidió al facultativo y se encerró en su despacho con Lucila a quien dictó la siguiente carta:

Bogotá, D.C., noviembre 22 del 2005

Doctor
ENRIQUE PERDOMO SOSA
San Diego, California.
Apreciado Enrique:

Te escribo esta, afectado por la más profunda de las penas, a Gloria le fue descubierto un cáncer que, si no se lo trata por los métodos convencionales se la llevará a más tardar dentro de un año, ella, vanidosa como es, no se va a someter a esos procesos y está decidida a morir sin intentar la curación. Yo no lo puedo permitir y he decidido recurrir a tu ayuda para explorar una alternativa desesperada que puede ser peligrosa para quienes me auxilien en mis propósitos, te ruego que aceptes los pasajes que te envío para que estés aquí lo más pronto que puedas.

Tu amigo de siempre,
Oscar

La carta fue llevada por un emisario personal del Presidente quien la entregó esa misma tarde gracias a las rápidas y eficaces coordinaciones que hizo la Ministra de Relaciones Exteriores.

La misma tarde Enrique llamó a Oscar al teléfono de Palacio, que éste le había dado y le dijo–: Salgo en el próximo vuelo para allá, estaré llegando a la media noche.

Mientras esto sucedía, Oscar, envió por los científicos que habían trabajado en el tratamiento para el sida, uno de los más importantes se encontraba en París, asistiendo a un seminario sobre la materia y se le hizo llegar una comunicación del Presidente pidiendo su presencia de inmediato en Colombia. Al equipo aun incompleto Oscar le dijo lo siguiente:

-Apreciados amigos, sabios doctores de Colombia, me enfrento en este momento a la más dura de las pruebas que me ha tocado lidiar…les contó todo lo referente a la enfermedad y lo que pensaba hacer con la Kalonita, disculpándose por la osadía que significaba el meterse en terrenos desconocidos para él. Hubo voces de protesta, que el presidente calló amablemente, - señores- les dijo – ustedes ya descubrieron la manera de manipular el virus del sida para que colonizara sólo un tipo de bacterias susceptibles de ser atacadas por un microorganismo que las destruía y con ellas mataba también al virus del sida, por eso, la humanidad, se ha librado de ese flagelo y Colombia ha ocupado, gracias a ustedes, un lugar muy destacado dentro del ámbito de la medicina, lo que les voy a pedir es de naturaleza parecida: que estudien la manera de inmunizar a aquellas bacterias y otros microorganismos que son útiles al hombre, de un producto como la kalonita, sí, ya sé que no lo tenemos, pero, mientras lo consigo, vayan trabajando con un modelo parecido-

Los científicos dejaron de hacer objeciones y se disponían a partir e iniciar cuanto antes el trabajo encomendado, al que consideraban muy peliagudo, pero, muy interesante, cuando el Presidente los llamó y les dijo: - Por favor, vuelvan a sentarse señores.

Debo hablarles de un asunto delicado, inherente al problema: los costos.- Se que todos ustedes trabajan en laboratorios estatales y que reciben buenos honorarios por sus tareas de investigación, pero, esto, para lo que los he llamado es un asunto particular y no puedo comprometer los fondos estatales en esta investigación, cuento con mis ahorros de los últimos 10 años que pongo a disposición de ustedes, mañana uno de mis abogados y mi contador crearán un fondo, con esos dineros, que será manejado por aquel de ustedes a quien nombren coordinador del equipo.-

-Señor Presidente –dijo uno de los asistentes – comprendemos que la pena por la infausta noticia de la enfermedad de su esposa lo debe haber confundido un poco, pero, yo, quien fui Director del Hospital Militar Central, sé que los empleados del gobierno tienen derecho a la asistencia médica gratuita para ellos, sus esposas y sus hijos y usted quien tiene el más alto empleo de la república no veo porque esté eximido de ello, máxime cuando todos sabemos que los adelantos científicos a los que Colombia ha llegado se deben a sus desvelos, a sus esfuerzos, por dotarla de una infraestructura científica modelo. De manera que, con todo respeto, olvídese del fondo del que nos habló y ya nos ponemos a trabajar en eso – Y se iban a ir cuando el Presidente los detuvo, otra vez, diciendo: - No señores, perdónenme, les agradezco mucho sus palabras, sé que son sinceras, pero, entiendan, durante mi gobierno, que ya va a acabarse, siempre luché contra la corrupción, para que los funcionarios públicos no explotaran el erario en su beneficio, yo no puedo dar mal ejemplo. No sé de ningún enfermo al que se le haya suministrado una investigación particular para resolverle una dolencia. –Disculpe, señor presidente, lo interrumpió uno de los científicos asistentes, eso se hace todo el tiempo,¿ de dónde donde cree que salió el arnés cibernético que le permite a los parapléjicos trabajar y caminar?, sino, de los esfuerzos que hizo un grupo de científicos y médicos por devolverle la locomoción a un lustrabotas, quien fue atropellado

por un autobús y le partió la columna vertebral- Caramba -
dijo el Presidente con lágrimas en los ojos- ustedes me han
conmovido, y hasta puede que tengan razón, pero acepten el
fondo, manéjenlo como una caja menor para aquellos gastos
que a veces se demoren en causar, para aquellas cosas que no
pueden entrar en el presupuesto, por favor –

Nadie contestó nada y se fueron.

Enrique fue alojado en una de las habitaciones de huéspedes
de Palacio, el Presidente dio orden de no molestarlo hasta las
8 de la mañana hora en que sería llamado para desayunar e
iniciar las conversaciones sobre el motivo de la urgente petición
de auxilio.

En el desayuno, Oscar le fue diciendo: - Enrique no me voy
a poner con rodeos porque la confianza que nos tenemos y
el aprecio mutuo nos exime de florituras, el asunto para el
que te llamo es muy peligroso, no sé de manera precisa que te
pueda pasar si te descubren en lo que te voy a pedir, pero, sí te
puedo decir que, si no pudieras volver a los Estados Unidos,
aquí tendrás refugio seguro y una posición que te liberará del
aburrimiento del retiro. Quiero que me traigas la información
secreta que los laboratorios Jensen guardan sobre la Kalonita,
todos los gastos que esto origine te serán pagados con largueza
de manera que, por eso no deberás preocuparte.-

-Tranquilo Oscar- dijo Enrique – te noto tenso, preocupado
por tonterías, tranquilízate, en primer lugar, no estoy tan
seguro de que, el conseguir la información que me pides sea
difícil de obtener ni peligrosa su consecución, por la plata no te
preocupes que eso es lo único que tengo en abundancia porque
cabello, como ves, queda muy poco así que, concentrémonos
en los asuntos operativos de la cuestión para ver qué debe
hacerse. Ayer traté de hablar en Durham, Carolina del norte,
con Olaf Koskenberda, el presidente de Jensen Pharmaceutics,
se trata de un condiscípulo de la universidad, en EE.UU, del
que me hice muy amigo, es cordial y buena persona, su origen

polaco ya que sus padres son de Varsovia, le acercó a mi por lo que él creía una afinidad religiosa, cuando le confesé que era medio ateo se decepcionó bastante, pero, como ya éramos amigos, no le importó demasiado. Préstame el teléfono y le llamo que allá tienen más o menos la misma hora de aquí, luego, es posible cogerlo en la casa desayunando – Llamó, contestó una criada quien, como ya conocía la voz de Enrique, los comunicó fácilmente y Enrique, después de contarle que estaba en Colombia, nada menos que alojado en el palacio presidencial y de intercambiar algunas bromas, le preguntó si se acordaba de la Kalonita – Sí- le dijo Olaf - es uno de los expedientes secretos que, por disposición del gobierno, se halla en la bóveda de clausura, no lo puedo mover de allí sin permiso del Secretario de Salud y bajo supervisión del F.B.I. ¿Por qué te interesa? – El gobierno de Colombia desea profundizar en una investigación sobre inhibidores de la actividad cancerígena, tu sabes que mi país ha progresado mucho en asuntos médicos y se han realizado avances en la lucha contra el sida, que ya conocerás por los "papers" que se han publicado sobre eso – Sí - dijo Olaf - Colombia está muy adelante en bacteriología, hasta tienen un nobel en medicina, pero, no tengo autorización para facilitarte esos materiales, déjame ver que puedo hacer, dame el teléfono del sitio en donde estarás y en unas tres horas te llamo, adiós.-

Bueno, aprovechemos el tiempo para que me actualices sobre el país – le dijo Enrique a Oscar.

Mejor te dejaré en compañía de mi secretaria privada quien es una muchacha encantadora y bien informada, pregúntale lo que gustes o si prefieres mira la biblioteca y yo voy a atender a unos ministros a quienes tenía citados para esta hora, hasta las once, momento en que tu amigo llamará, a esa hora nos vemos, si quieres salir a dar una vuelta, pídele a Lucila uno de los vehículos del despacho y sal con ella o solo, como quieras, lo importante es que estés a la hora en que Olaf te llame.- Ah, casi me olvido, me vi con Alfonso, está muy bien, le conté de ti y me dijo que cuando vinieras a Colombia le avisara para saludarte.

Estupendo —dijo Enrique — Dame el teléfono del loco ese, respecto de lo otro, prefiero quedarme por aquí cerca del teléfono porque ¿qué tal que se comunique antes?, mándame a Lucila y charlaré con ella un rato, después de que salude a Alfonso.

Lucila le ofreció jugos de los que estaba bien provista la despensa, pues, era la bebida preferida de Oscar o café que, en Palacio, lo preparan exquisito y el que Enrique aceptó porque, dijo,-el café en gringolandia no sabe bien-. La chica le enteró de todos los éxitos del gobierno en los últimos cuatro años, después de la entrevista de Enrique con Oscar, le mencionó también el problema de la huelga y estaban hablando de Alfonso, quien le había caído muy bien a Lucila, cuando el teléfono timbró y resultó ser Olaf, llamando a las 10 y 30 de la mañana.

O.K, Enrique — le dijo - las noticias que te tengo no son tan buenas ni tan malas. Hablé con el subsecretario de salud y él me ilustró: - La información no puede salir de Estados Unidos y menos con destino a un país latinoamericano, esos tipos son muy descuidados y se ponen a fabricar la Kalonita, sin haberla arreglado, produciéndose una terrible mortandad entre los enfermos de cáncer y de otras cosas porque, recuerde que la Kalonita cura casi todo y ese mal uso de ella nos traería un problema internacional de gravedad mayúscula — le objeté que tu país era diferente, le hablé de sus logros, pero, tu sabes, aquí la gente, las autoridades, tienen unos prejuicios muy acendrados respecto de lo de allá, ellos no distinguen entre México y Bolivia y nosotros sabemos que hay diferencias de desarrollo muy grandes entre esos países, como entre Nicaragua y Brasil, bueno, conseguí que, una vez el gobierno colombiano presente una solicitud formal ante el Departamento de Estado se les podría permitir, pero, esto no es seguro, que unos científicos de tu país vinieran a Durham, vieran los materiales en uno de nuestros monitores y tomaran algunas notas, sin sacar fotografías ni llevar copia alguna. Ahora, contigo es otra cosa, porque tú eres norteamericano, a ti, según la ley y por tu condición de científico, estoy autorizado a dejarte ver los materiales pero no a llevar ninguna copia, ¿qué te parece?

-Regular, más o menos –dijo Enrique, te agradezco mucho la diligencia realizada, voy a comentar aquí lo que me notificaste y veremos que deciden, nuevamente, gracias.

Oscar llegó puntual a las once de la mañana y afanado preguntó:
- ¿Qué hay? –

Enrique le comentó su conversación con Olaf y Oscar meditó sobre el asunto unos instantes, al término de los cuales preguntó a Enrique: ¿qué te parece?

-Pues, que no hay de otra, debo ir allá y robarme la información, ve si me puedes dar algún apoyo porque habrá que salir más que de prisa, deberá ser un buen y rápido avión que nos lleve al país más cercano que se pueda, habrá de ser una isla. Miremos un atlas. –

-Lucila – llamó Oscar, por favor, tráeme de la biblioteca un atlas de los grandes – cuando Lucila llegó con su encargo lo miraron y vieron que, el país más cercano a Durham, de cuyo aeropuerto deberían salir, eran las islas de Bermuda, posesión británica en el Océano Atlántico.

Son unos 600 kilómetros de distancia, la mayoría de ellos por mar –dijo Oscar – Ni hablar de un charter legalmente contratado, deberá ser un avión que se pueda mover libremente en los Estados Unidos pero, que nos sea absolutamente confiable y que te lleve sólo a ti.

Que nos lleve –dijo Enrique– porque para estas maniobras necesitaré de la torcida y maquiavélica mente de Alfonso con quien hablé y me dijo que, aunque tu no habías tenido la elegancia de contarle tus cuitas, te perdonaba, siempre que le permitieras participar de la expedición, que no te preocuparas por los gastos ni por visa ni pasaporte, que todo eso lo tenía en orden.-

-Lucila- Dijo Oscar – comunícate con mi amigo El Senador.

El citado vino a hablar con Oscar y éste le puso al tanto de la enfermedad de su esposa y de lo que había pensado hacer – Te necesito – le dijo el Presidente, para ver si tienes uno de esos amigos de aquellos tiempos, capaz de prestar un avión rápido, con una autonomía de al menos 3.000 kilómetros, que sea capaz de cambiar el plan de vuelo sobre la marcha, por ejemplo, decir que va para Miami y 10 minutos después de partir, cambiar de rumbo -.

-Independientemente de que, por supuesto, lo ayudaré señor Presidente y de que en su situación yo hubiera hecho lo mismo –dijo el senador – nunca pensé que usted, siendo tan estricto en sus cosas, se arriesgara a lo que me propone que es, ni más ni menos, que la comisión de varios delitos y ocurridos contra la mayor potencia del mundo – Veamos: sacar documentos secretos sin autorización, mejor dicho robárselos, eludir los controles aéreos y corromper a un ciudadano norteamericano al complicarlo en esos ilícitos, caray.-

Oscar lo miró sonriente y le dijo –: Si no fueras un amigo de tal confianza ni se me hubiera ocurrido hablarte, pero, pienso yo, ¿de qué me serviría, como ser humano, todo lo que he hecho si a la hora de luchar por mi felicidad me detuviera ante escrúpulos pendejos? porque, a ver ¿A quién hago daño sacando de una bóveda unos secretos que nadie está utilizando mientras que, a mi, me pueden servir de mucho y a la humanidad, ya que, si los científicos que trabajarán en el asunto logran domesticar la Kalonita, lo primero que haré será enviar a los E.E.U.U. copia de esos hallazgos para beneficio de ese gran país con el que he mantenido las mejores relaciones ?-

-De acuerdo –dijo el senador – aunque si algo sucede, el escándalo producido podría ser un daño irreparable a la diplomacia colombiana, pero, vale, aunque, si a sus amigos los pescan en el asuntillo los meten a la cárcel y ¿entonces?, además por lo que sé, si son condiscípulos suyos no han de ser ningunos sardinos, deben andar por los 60 calendarios ¿Qué tal si les damos algún apoyo más juvenil?

-No, son viejos pero más avispados que cualquiera, además, los contactos que tiene Enrique para la misión son insuperables, es como la graduación del terceto de la suerte en la mayor de sus aventuras. Viéndolos ya embarcados en eso no me atrevo a privarlos de ese placer: aventura mezclada con peligro. Esa era nuestra meta de niños, el objetivo vital de una existencia caballeresca y si con ello se podía servir a alguien, sería la gloria. Dejémoslos, creo que son capaces de triunfar –dijo Oscar – Otra cosa ¿Sabes de alguien que pueda hacerme una documentación completa, falsa por supuesto, a nombre de cualquiera, con mi fotografía un poco cambiada, pues, me afeitaré la barba y me teñiré el cabello de otro color, como para que no me reconozcan tan fácilmente, carajo, senador no ponga esa cara que no voy a hacer ninguna locura, es por si acaso.-

Después se reunieron Enrique, Alfonso y Oscar y ultimaron los detalles de la operación. Oscar no les dijo nada del alistamiento del pasaporte y otros papeles y sólo se refirieron a la participación de Alfonso y Enrique.

Se convino lo siguiente: Viajarían en la mañana del viernes 24 de noviembre, harían los tras bordos que fueran necesarios para estar en Durham ese mismo día . Volarían en la aerolínea United, que tiene vuelos directos en esa ruta. Se acostarían temprano y llevarían una grabadora y un computador portátil alimentados por baterías. Alfonso agregaba a eso un arma secreta de la que no habló a Enrique. La cita con Olaf era en los laboratorios Jensen Pharmaceuticals a las 9 de la mañana. Oscar los dejó para atender algo.

-Todo parece estar listo para la ida y lo más importante, el regreso ¿qué?- dijo Alfonso, sé que Oscar había preparado algo para eso preguntémosle. Eran las 6 de la tarde del día miércoles, dos días antes de que comenzara la operación y la excitación hacía presa de ellos, aunque, como siempre, Enrique era más dueño de sí que Alfonso, quien tarareaba una cancioncilla del "Último Cuplé" con la peor voz que es de imaginar. No les fue difícil ir a buscar a Oscar quien acababa de llegar de su oficina, en ese trayecto se encontraron con Gloria quien ya los había saludado pero no se comía el cuento de que habían venido para una reunión del curso y se olía que algo se estaba fraguando porque alcanzaba a percibir un aire de misterio tanto en Oscar como en sus carnales. Los detuvo y les dijo: - De aquí no me pasan, pues tienen un aire de aves de mal agüero que no puede con ustedes, a ver ¿qué es lo que sucede?- Enrique se miró con Alfonso y ante una seña de este para que hablara le dijo: - Te lo vamos a decir si nos prometes no contarle de nuestra infidencia a Oscar – Gloria dijo –: Claro cachacos pónganle misterio, pero, sí, lo prometo, desembuchen. – Sucede, Gloria, que Oscar nos contó que estas enfermita y nos citó aquí para que planeemos la rumba más movida que se vaya a hacer en este palacio dentro de unos diez días, para animarte.-

Ella, no muy convencida porque no era ninguna fecha especial, fue a saludar a Oscar y le dijo: - Este par está conspirando, vigílalos, no hacen sino cuchichear-

Cuando le preguntaron lo del regreso, Oscar ya había hablado con el senador y les contó de esta conversación:

-Como ya te imaginarás- dijo Oscar – Los emisarios no se pueden regresar en una línea comercial porque los atraparían enseguida ¿puedes ayudarme con eso?-

Sí –dijo el Senador – ya había pensado en ello, a pesar de que usted les dio tan duro a los narcos, ellos no olvidan la ley de tregua que se promulgó, en la que se les daban quince días para abandonar el país porque, según se les dijo, una de sus metas era limpiar a Colombia de su mala influencia, pero, para evitar la guerra a muerte que se vendría, con terrorismo y lo demás que hubo cuando Barco, se les daría la oportunidad de largarse, muchos la aprovecharon y esos lo respetan y hasta lo aprecian a usted porque dicen que es un enemigo severo pero leal y que cumple la palabra empeñada. Uno de ellos, quien tiene en Miami una empresa de turismo para hacer la ruta a las islas del Caribe, fue además muy amigo de Germán y se enteró del lío que sabemos, le quiere ayudar. Para acá viene John Heiner Jaramillo, un emisario de él a coordinar con usted y los viajeros lo que sea menester.- Muchas gracias Senador y los costos que eso tiene ¿los sabe usted? –dijo el Presidente.

-Claro –dijo el senador- y son muy altos y los riesgos también, pero, él no le piensa pedir nada a cambio a usted, está agradecido por lo bien que se portó con Germán.-

-Sí, tan bien que en mi presencia lo mataron - dijo Oscar.

-De acuerdo –dijo el senador - pero, usted mató a uno de los asesinos y al otro lo dejó muy mal herido y eso, entre ellos, vale mucho más que lo que cuesta la operación –

-Está bien, acepto- dijo Oscar – pero mi deuda con usted queda pendiente-

-Ni pensarlo- dijo el Senador, yo podré ser amigo de algunos indeseables, pero, ante todo soy un patriota y lo que usted ha hecho por el país es mi mejor premio.-

Oscar, Alfonso y Enrique se reunieron con John Heiner Jaramillo, en el apartamento privado de Oscar en el nor occidente de la ciudad. El hombre de enlace era un pereirano alto, muy delgado, con un bigotillo al estilo de un técnico de fútbol quien antes fue jugador de la Selección Colombia de este deporte, franco y decidido abordó el tema sin rodeos:

-A ver, señor Presidente, dígame cuál es la idea que tienen para el regreso.

-El plan es un poco rudimentario porque no conocemos muy bien lo del tráfico aéreo en los Estados Unidos y no puedo preguntar a mis asesores porque trascendería el asunto y el escándalo sería muy perjudicial, básicamente, se piensa salir en un avión clandestino de Durham, volando rasante para eludir el radar y llegar a las Bermudas, allí tomar otro avión y ya libres del acoso de la guardia costera, viajar a Colombia- Dijo Oscar.

-Ofreciéndole mil disculpas le digo que, peor no puede ser y por varias razones:

La primera, porque Bermudas es una colonia británica que tiene excelentes relaciones con su gran vecino del oeste y ellos no reciben aviones que no vengan con un plan de vuelo o mejor, sí los reciben, pero, los detienen y los ponen a disposición de las autoridades en Estados Unidos. La segunda, porque si llegan a Bermuda en vuelo rasante se exponen a que la fuerza aérea inglesa los baje. Y

la tercera, que si salen en vuelo rasante desde Durham, deberían volar por sobre más de 170 kilómetros de territorio continental norteamericano, pasarían por sobre bases militares y la alarma temprana los detectaría y los derribarían-

-¿Entonces? –dijo Oscar.

-Toca salir no de Durham sino de Raleigh, al sureste del anterior, en un vuelo aparentemente regular porque, de Durham no salen rutas a las Antillas. Digo aparentemente regular porque, un controlador del aeropuerto de Raleigh a quien sobornaremos, nos dará el plan de vuelo de un avión de la misma especie del que usaremos y nosotros clonaremos ese plan de vuelo y saldremos pegados al del vuelo legal rumbo a algún país caribeño, cuando hayamos salido del control americano nos desviamos rumbo a Colombia, es decir, cuando la nave legal, cuya radio iremos oyendo, anuncie a la torre de control que va a aterrizar .Saldremos de noche y con mal tiempo. -

-Parece muy bien –dijo Enrique - ¿Tiene el señor presidente, en esta covacha, un atlas al que podamos ver? ya que conviene saber que tan lejos está Raleigh de Durham –

-Pues claro, toche - dijo Oscar - el apartamento será modesto, pero, libros si tiene, por favor, espérenme y traigo uno – Y fue y lo trajo y vieron que la distancia era de unos 38 kilómetros y se miraron muy preocupados porque, significaba una media hora en carro, a una velocidad de unos 80 kilómetros por hora, que era la permitida en esa carretera y eso era mucho porque, Enrique, ya les había dicho que no dispondrían de más de una hora para evadirse antes de que se supiera que habían robado o copiado el disquete.

-No se preocupen demasiado –dijo John Heiner – En Durham los estará esperando un helicóptero de la empresa, que los llevará a Raleigh en 10 minutos. –

-Maravilloso –dijo Alfonso- eso sí es la verdadera primera clase y ¿ no será que podremos llevar al paseo un par de chaticas lindas que yo conozco?-Ni siquiera le contestaron, en lo básico estaba decidido lo principal y John Heiner volvió a tomar la palabra –: El vuelo de regreso será en un Golf Stream-3 de matrícula N75NY,digo esto por si, el señor presidente podría hacer que en el aeropuerto de Eldorado nos esperaran funcionarios suyos para aliviarnos de complicaciones, como yo seré el piloto, diré a la torre de control que vengo de E.E.U.U. en misión científica.-

-En Bogotá no habrá problemas ni a la llegada ni a su salida –dijo Oscar

-Bueno, John Heiner usted que se ve tan chévere –dijo Alfonso – díganos como es ese avioncito que nos trasteará desde tan lejos –

-Es un avión muy bueno, aunque tiene 14 años de uso, porque salió de la fábrica en 1991, está en perfecto estado, es un jet bimotor, tiene un alcance de más de 5.000 millas, o sea, que puede viajar de Raleigh hasta aquí en vuelo directo, sin escalas. Su velocidad es de 320 nudos, unos 600 kilómetros por hora, pero, si es necesario puede alcanzar, match .90

que es casi la velocidad del sonido, espero que no tengamos que ponerlo así porque gasta mucho combustible. Tiene un valor de 28 millones de dólares, vuela a 45.000 pies de altura, unos 15.000 metros, con lo que el viaje será muy cómodo, sin turbulencias, lleva 2 pilotos y puede transportar, muy confortablemente, 10 pasajeros. El retorno durará cinco horas .Si se hace en match .9 durará tres.-

-No siendo más, podemos irnos a descansar, mañana los invito a almorzar, no se me pierdan –dijo Oscar – Ah, Enrique, la cita con Olaf debes cambiarla de las 9 a.m. a las 6 p.m. del mismo día para cumplir con las condiciones dadas por Jaramillo.-

-Muy bien –dijo Enrique – hablaré con Olaf. -

Al otro día, los tres, sin el emisario del amigo de Miami, salieron de Palacio a eso de las 11:30, no llevaron a Gloria quien se quedó enfurruñada, almorzaron en el restaurante giratorio La Fragata y bromearon mucho porque Alfonso se estaba mareando. Allí, Oscar les entregó los pasajes y los pasaportes que, al fin, él se encargó de alistar, con las debidas formalidades y repasaron las instrucciones. Todo estaba en orden, descansaron bien y al otro día partieron. Esa noche Oscar cambió su apariencia y ellos, Enrique y Alfonso, cuando abordaron el avión no repararon en un señor muy pálido, de pelo rojizo, quien tocado con una boina y llevando gafas oscuras, se sentó lejos de ellos.

Oscar dejó al vicepresidente una carta con Lucila, más bien un gran paquete de instrucciones, en el que le contaba el motivo de su viaje e indicaciones, por si debiera asumir el poder si es que él no llegaba el domingo antes de las tres de la mañana. A esa hora Lucila lo buscaría y le entregaría el despacho. También había dado órdenes a la Aeronáutica Civil para que, el domingo a partir de la una de la mañana, esperaran al avión N75NY, que venía en misión científica.

Las cosas iban saliendo según lo esperado, como tuvieron el sábado libre en Durham, se dedicaron a conocer el aeropuerto en donde los esperaría el helicóptero que los llevaría a Raleigh, ubicaron el sitio preciso en donde estaría, hablaron con el piloto quien los reconoció de inmediato, porque Jaramillo los había descrito bien, luego, para no dejar opciones sin explorar, tomaron un taxi y fueron a Raleigh pidiéndole al taxista que mantuviera la velocidad de 80 kilómetros por hora o su equivalente en millas, cronometraron el tiempo y visitaron también el aeropuerto de la capital del estado de Carolina del Norte, Raleigh, Localizaron el Golf Stream-3 que los llevaría a Bogotá y hablaron con Jaramillo, quien dirigía una minuciosa revisión del aparato en compañía de su copiloto, un risaraldense como él, serio y confiable. Jaramillo no tuvo nada más que agregar a lo que ya se había dicho con excepción de recordarles que deberían estar a bordo no más tarde de las 7: 45 porque a las 8 en punto saldría el avión cuyo plan de vuelo iban a clonar y ellos deberían de colar al mismo tiempo. No advirtieron la presencia de un hombre que con boina y gafas oscuras leía un periódico en el fondo del hangar. Después, regresaron a Durham, más o menos a la hora de almorzar, Enrique se llevó a Alfonso a Wendy's a comer hamburguesas de roastbeef acompañadas de coca cola, nada de tragos, porque había que estar muy alerta y despiertos. Hablaron del plan en los laboratorios:

-¿Cómo vamos a hacer en Jensen, sabio chiveado? – le dijo Alfonso a Enrique.

-Como supondrás, no tengo muy definida la conducta a seguir ya que no sé que tanto nos permita Olaf conducir la situación. Más o menos he pensado en esto, oye y me dices como te parece: Le pediremos que nos enseñe el material para verlo en un monitor de los que habrá en el lugar elegido por él para que lo miremos, se trata de un disquete en el que está toda la información: la fórmula química de la Kalonita y la historia completa de los experimentos, si nos da el chance, lo copiamos en el computador que yo llevo, en uno de estos disquetes, si no se puede hacer eso, en tu grabadora, con casetes, copiamos del amplificador del computador la narración que se estará haciendo de viva voz, pero, esto no bastará, no será del todo satisfactorio ya que se perderán valiosas ilustraciones que los científicos en Colombia querrán ver . Ante ese predicamento trataremos de robarnos el disquete. Ahí es donde entras tu Mefisto de miércoles, porque, tú, serás la distracción. Comentarios por favor-

-O.k. Sherif despistado, pero, no me siga tuteando porque ya me está poniendo arrozudo, recuerde el rudo trato de la hermandad. Ya Oscar me hizo una observación sobre ese enojoso particular. En primer lugar, en mi grabadora, traigo una canción de peregrina belleza que dejará a esos gringos turulatos mientras usted se roba el disquete, ellos estarán arrobados tarareándola y no se darán cuenta de nada-

-¿Eso es todo lo que trajo para este viaje tan importante ?– preguntó Enrique – Es el plan más chimbo que haya oído jamás, porque si es música latina a esta gente poco le gusta, tocó improvisar –dijo simulando un gesto de disgusto, pero en el fondo confiando en Mefisto.

-Paciencia calientalibros –dijo Alfonso – que aún no he dicho lo que viene en segundo lugar, mi arma secreta, en el pecho me hice tatuar un dibujo de una cicatriz, igual a la que habitualmente queda cuando implantan un marcapasos, fingiré un infarto, si eso no funciona, entonces, vendrá el tercer plan, me fingiré loco como secuela del pre infarto, me desnudaré y en el embrollo que se formará tumbaré el computador y la CPU, espero que usted se dé mañas, mientras tanto, para robarse el disquete.

-Bueno, eso ya está mejor-dijo Enrique- espero que el dramatismo requerido no llegue a mucho, como aún hay tiempo vamos a visitar una de las fábricas de telas que hay aquí y así le podremos llevar a Oscar anécdotas que le recuerden sus tiempos de fabricante de paños-

-Qué jartera -dijo Alfonso- ¿no habrá por aquí un espectáculo diurno de Streap tease ? – recuerda esa película con Demi Moore en la que...-

A las cinco y treinta p.m. se dirigieron en un taxi a los laboratorios de Jensen Pharmaceuticals, le ofrecieron al chofer una propina de cincuenta dólares, además de la tarifa normal, si los esperaba pacientemente frente a los laboratorios hasta que salieran. Olaf, puntual como ellos, los estaba esperando en la puerta y después de saludarse, hacer las presentaciones de Alfonso y de un agente del F.B.I quien acompañaba a Olaf, se dirigieron a una amplia sala, cuadrada, en donde había unos veinte computadores, las paredes eran de cristal esmerilado de manera que, entraba la luz de otras salas iluminadas, pero, no se veía lo que había más allá de las divisiones, dicha instalación estaba al término de un largo pasillo que tenía un cambio de dirección en ángulo recto hacia la izquierda y unos cien metros de largo. Allí esperaba una secretaria con un computador prendido y con el disquete de marras ya colocado en el aparato.

Olaf hizo una breve introducción en la que recalcó la impertinencia de ciertos extranjeros, quienes le hacían perder la noche del sábado a los sufridos científicos norteamericanos, con consultas que de nada servían, Alfonso y Enrique respondieron con risas de cortesía, porque, la verdad, era que estaban sintiéndose nerviosos. El agente del F.B.I. un caballero alto, elegantemente vestido, acuerpándote, de unos 35 años de edad, le dijo a Enrique, cordialmente que, por favor, dejara su computador portátil en uno de los asientos que se hallaban a un par de metros de donde ellos se encontraban y no objetó nada respecto de la grabadora. Olaf les comentó que la proyección de lo que había en el disquete duraba tres horas y que, como sabía que ellos no contaban sino con 75 minutos les preguntó si querían ver algo en especial porque, mucho de eso, eran descripciones de los experimentos que ellos ya conocían. Enrique respondió que, si era posible, les dejara ver preferencialmente, la descripción de la fórmula del medicamento y la de la manera de fabricarlo. Olaf dijo que sí y mirando el derrotero de la grabación del disquete programó, para que sólo lo pedido se proyectara en la pantalla. Alfonso, quien fungía como asistente de Enrique, desde que comenzó la proyección, introducía sus narizotas en el monitor y metía mucho barullo haciendo preguntas en un inglés que había aprendido de una profesora andaluza, quien le pasó su gracioso acento. Logró el propósito de atraer la atención de los presentes mientras Enrique, haciéndose el tranquilo, rumiaba sus ideas para sacar en claro una decisión que no fuera tan deplorable.

Mientras el disquete de la Kalonita proyectaba su información, la grabadora copiaba el texto hablado y el tiempo pasaba y la oportunidad no era propicia para nada de lo que habían planeado, cuando ya llevaban 55 minutos de la exposición y eran las siete de la noche, Enrique miró a Alfonso y le mostró su mano en donde sólo tres dedos se veían y le indicó, ¡Ya! Alfonso entendió, lanzó un gruñido, murmuró: mi marcapasos y se fue sobre el computador tumbándolo al suelo y con él todos sus accesorios, tablero, pantalla y la CPU. En el desorden que se formó, rápidamente, para lo que hubiera podido hacer un enfermo tan grave, se abrió la camisa y mostrando la "cicatriz" repitió: mi marcapasos. Olaf, el agente del F.B.I. y la secretaria levantaron a Alfonso, lo sacaron de entre los escombros y lo llevaron a una parte despejada de la sala, acostándolo en el piso, mientras, Enrique, sacó el disquete de la CPU y lo puso en el bolsillo de su chaqueta. Alfonso empezó a dar muestras de mejoría y les dijo: es que, a veces, cuando me hago cerca de aparatos que producen radiación mi marcapasos se salta, perdónenme, rara vez sucede, gracias, Enrique se acercó, tomó a Alfonso en sus brazos y les dijo a sus anfitriones: - No se preocupen, con lo que grabamos nos basta, nos vamos para no perder el avión. Olaf protestó que era un riesgo muy grande irse así, que se esperaran para hacerle un control médico a Alfonso, quien, al oír esto se desligó del apoyo que Enrique le brindaba, se enderezó, compuso sus ropas y con la mejor

...subió al vehículo junto con Alfonso advirtiendo con terror que, en la entrada de las oficinas se formaba un revuelo, la secretaria los señalaba...

sonrisa dijo: estoy mejor. Todos salieron, llevando Enrique la grabadora y Alfonso, el convaleciente, nada. Ya cerca al taxi, Enrique, le agradeció a Olaf su cortesía, le ofreció una invitación a comer cuando volviera a USA y obsequiándoles a todos sendas bolsitas de media libra de café colombiano de exportación, llevados en una maletica, que dejaron dentro del taxi para regalar a sus anfitriones, subió al vehículo junto con Alfonso advirtiendo con terror que, en la entrada de las oficinas se formaba un revuelo, la secretaria los señalaba; ya estaba Enrique dando la orden al taxista de arrancar a mil cuando la muchacha se les acercó, corriendo, mientras en sus manos llevaba el computador portátil que se les había quedado. ¡Fiuuu! suspiraron al tiempo Enrique y Alfonso y partieron para el aeropuerto de Durham. Llegaron a las 7 y 11 minutos, ya estaba oscuro y hacía un tiempo no muy apacible, negros nubarrones en el cielo ocultaban la luz de los astros de la noche y el frío era muy intenso.

Cuando arribaron al aeropuerto de Durham un tipo vestido con un overol amplio, cubierto con una gorra de orejeras y provisto de guantes, los apremiaba con señales para que se dieran prisa; al acercarse al helicóptero los metió a la cabina a empellones mientras decía obscenidades en inglés . Los viajeros se extrañaron del mal trato, pero, como la situación tan crítica no daba lugar a delicadezas, se acomodaron dentro del aparato que ascendió pronto y se desplazó a Raleigh a una velocidad de 180 kilómetros por hora. Ya en el taxi Enrique le había mostrado a Alfonso el disquete y lo felicitó por su actuación, pero, no rieron porque el atortole era mayúsculo. En la radio de la grabadora trataban de oír las noticias de alguna emisora local y aunque no se oía bien por el estruendo que producía la aeronave, si percibían que las noticias no hacían referencia a cierta pérdida en los laboratorios Jensen. El tipo que los empujó se ubicó detrás de ellos y muy agachado no decía nada, así pasaron los diez minutos más largos de su vida llegando al aeropuerto de Raleigh a las 7 y 22 minutos, Jaramillo los estaba esperando muy complacido con la premura que se dieron en llegar pero, también, un poco preocupado porque, si los hubieran seguido, allí estarían como perico en jaula, disponibles para quien quisiera arrestarlos porque permanecerían quietos más de media hora antes de lo previsto para despegar. En la escalerilla del G-3 trató de repetirse la escena de los envites, pero, ya sin el apremio del tiempo, se rebelaron—: Oiga- dijo Alfonso y respondió también con un empujón- respete, que este viejito –dijo señalando a Enrique - es un científico. Con el envión que dirigió al abusador le tumbó la gorra y casi se cae de espaldas mientras decía: -si es troglos- y Enrique, quien ya estaba arriba le tendió la Mano a Oscar para ayudarlo mientras soltaba una carcajada: Ja, Ja, Ja, que presidente tan loco, a quien se le ocurre- y los tres, a bordo, se rieron derrotando el miedo. Ya serenados, ante la mirada de Jaramillo quien los veía con sonriente resignación le preguntaron, a través de la puerta abierta de la cabina de pilotos, si por su radio se oía de algo que se hubiera descubierto y él respondió que no. Pasaron el tiempo sacando una copia del disquete de los laboratorios y contándole a Oscar como había sido la faena e increpándolo por la metida de pata de venirse detrás de ellos. Una vez hecha la copia metieron el disquete original en un sobre y lo acompañaron de una nota en la que Enrique le decía a Olaf: – Ya comprenderás, perdóname. – sin firma.

Al fin el avión despegó. En la oscuridad de la noche y con el mal tiempo nadie advirtió que salían muy pegados a un avión igual al de ellos, que iba tan solo veinte metros adelante y un poco arriba en un ángulo de 45°. Jaramillo apagó el transponder, que era un equipo automático encargado de transmitir a la torre de control, permanentemente, los datos de rumbo, altitud y velocidad de la nave. Así, oficialmente, sólo un G-3 salió del aeropuerto de Raleigh.

Inquietos por la proximidad del otro G-3, que se veía amenazante ahí, tan pegado al de ellos, preguntaron varias cosas a su piloto quien les respondió–: no se asusten, en esta posición nadie del otro avión nos ve ni nos oye, ya programé al piloto automático para que, con la misma velocidad y paralelo a la altitud que lleva el otro G-3 lo siga hasta Santo Domingo, relájense, hasta allá hay más de dos horas de vuelo, en la parte de atrás está una neverita provista de licores y alimentos, sírvanse por favor, porque no llevamos azafata.

Y ellos se sirvieron un buen whisky Johnie Walker sello negro que había en la susodicha neverita y se achisparon un poco, más por la desaparición del susto que por el efecto del trago, ante esa situación, Enrique, fue a la cabina y le dijo a Jaramillo: - antes de que nos emborrachemos del todo te pido que, al regreso a Estados Unidos, envíes este sobre a Jensen Pharmaceuticals, en Durham. –O.K. –dijo Jaramillo.

Cumplidas las dos horas de viaje anunció a los pasajeros, por unos parlantes nada estridentes, que, el otro G-3, descendía para aterrizar en Santo Domingo y que ellos giraban a la derecha hacia Colombia, pasarían sobre Barranquilla sin aterrizar en ella y tomarían rumbo a Bogotá, que era muy poco probable que los persiguiera la aviación de USA, aunque descubrieran el robo. – Urraaa – gritaron los tres, ¡mierda!, parece que nos salvamos. Y así siguió todo sin tropiezos hasta que llegaron a Bogotá, exactamente a la una y tres minutos. En la torre de control ya estaban advertidos de su llegada y le dieron curso normal a las faenas propias del aterrizaje. Gloria, a quien Oscar le había inventado un cuento chino respecto de un viaje a los E.E.U.U. para atender una invitación del congreso de ese país y a quien Lucila había contado la verdad, los esperaba en El Dorado, sin mucho boato de guardias ni escoltas, pero sí conmovida por el riesgo que, por amor a ella había arrostrado su marido y por el que por la amistad a Oscar, habían corrido sus inconmovibles hermanos de

201

pensamiento. Muchos besos y abrazos repartió a todos y Alfonso le dijo–: así si paga repetir la vueltica- La despedida de Jaramillo fue también afectuosa. Gracias a su pericia y excelente capacidad de organización, estaban a salvo. El flaco, muy serio, abrevió los saludos y se preparó para volver a USA. Se acomodaron los cuatro en la parte de atrás del gran coche presidencial, pues, estaban tan conmovidos y tan unidos que no se atrevían a separarse. Oscar les dijo–: vean como el afán de riquezas se lleva unos talentos superiores que deberían estar dedicados a hacer el bien, ese Jaramillo hubiera podido ser un coronel de mostrar, ¡lástima!-

Nadie hizo ningún comentario, Gloria se limitó a consentir a Oscar todo el tiempo, Alfonso dormitaba y Enrique muy serio pensaba en lo que le depararía el mañana, pues, recelaba de una fuerte represalia contra él, por ahora se iría a un hotel ya que no pensaba seguir más tiempo en Palacio en donde, su presencia, podría comprometer al Presidente si se formaba un escándalo internacional. Por lo pronto, pensó, debo ir planeando traer a mi esposa porque a los demás no creo que los alcance a salpicar este asunto y bueno, ya veremos.

Ya en Palacio, Gloria, les tenía unos suculentos pasa bocas y más bebidas. Pero no había fuerzas para jaranear, los hombres eran caballeros bastante mayores: Oscar, 61 años, Alfonso y Enrique, de a 62 por cabeza, la única persona joven, 43 años, era Gloria y era la más próxima a morir. De manera que, Alfonso, se fue para su casa de Chapinero, Oscar no dejó ir a Enrique a un hotel y Alfonso se lo llevó con él porque no quería quedarse solo. Antes de partir, Oscar, le pidió que viniera a Palacio y hablara con Lucila para que, con los medios de comunicación disponibles, averiguara las consecuencias de sus actos, mientras, él llevaba a los científicos la copia del disquete.

Enrique llegó a Palacio a las 8 de la mañana, trató de hablar con Olaf a su casa y no lo encontró allí, probó con los laboratorios y efectivamente ahí estaba.

Olaf le dijo: - Hombre Enrique, si tú me dices lo importante que era para tu presidente saber de la Kalonita yo saco una copia y te la entrego o te la envío, nosotros no somos tan bobos ni tan insensibles. El asunto se hubiera podido complicar mucho si el agente del FBI se entera de la desaparición del disquete. A mi casa llegó un hombre de la empresa de correos a llevarme tu nota y el disquete original, a las 6 de la mañana, volé al laboratorio y lo puse en el archivo que es revisado cada semana ; mañana correspondía tal formalidad. Pasó que, después de la escenita del infarto en la que tu cómplice destrozó el computador, mi secretaria fue y levantó las partes y revisó y aterrada vio que faltaba el disquete en la CPU, metió otro, en blanco en la unidad y esperó temblando la llegada del federal, quien guardaba en su automóvil el café que tu le regalaste. Una vez volvió, en menos de dos minutos, se fue directo a la CPU y miró que tuviera el disquete, al verlo o ver lo que creyó que era, registró el hecho sin sorpresa de su parte y yo, por hacer conversación, le dije sonriente ¿qué, agente, creyó que se lo iban a robar? no doctor Olaf es que es la rutina que debemos seguir cuando se sacan materiales de la bóveda, ver que estén completos y que vuelvan a ella, pobre el tipo ese del marcapasos, muy simpático, ojalá no le haya dado un infarto durante el vuelo- dijo el del FBI. Fuimos los tres y guardamos en su sitio el supuesto disquete, yo, aún no sabía de lo sucedido. El agente se despidió y mi secretaria, cuando él salió, rompió a llorar y me contó el desastre que teníamos entre manos, la tranquilicé, le dije que yo respondería por cualquier consecuencia y que confiaba en que tú harías algo para sacarnos del embrollo. Bueno, me sacaste del rollo, oficialmente aquí no falta nada ni han salido copias, nada de nada. Mi secretaria es una buena chica a quien mañana voy a promover, es la novia de un sobrino mío. Ah, me debes, a parte de la invitación a comer a la que iré con toda mi familia y con mi secretaria, un computador, que tiene el moderado precio de 4.000,°° dólares ¿bien?- Bien, respondió Enrique no sabes el peso que me quitas de encima, eso y mucho más te debo, hoy, o a más tardar mañana, estoy allá.

Oscar le rogó mucho a Enrique que se quedara en Colombia, le prometió puestos muy buenos, pero nada, Enrique le dijo: - Es mucho lo que te aprecio. Pero, mi vida está allá; lo que hice fue con gusto y placer porque, la aventura me hizo vivir de nuevo y advertir que mi viejo corazón todavía aguanta. Mantenme al tanto de la salud de Gloria y si se te ocurre otra aventurita bizarra, de naturaleza similar, llámame. –

Oscar le colmó a él a su familia y con destino a Olaf, de presentes. Al Director de Jensen le mandó una replica en oro de 24 quilates de la balsa votiva de Guatavita, que es la joya estrella del museo del oro-. Si llegas a saber de Jaramillo hazle llegar este ejemplar de Las Vidas Paralelas de Plutarco, al que aprecio mucho, porque es un regalo que me dio mi padre- dijo el Presidente.

Alfonso volvió a Girardot a manejar su Avelicer, a veces le enviaba a Oscar algún libro interesante acompañado de una cerveza para que no se olvidara de que Dios existe y preguntaba, frecuentemente, por la salud de Gloria. Un día, sin saberse su origen, en una camioneta le llevaron mil cervezas Miller, la mejor de América, de litro, con una nota anónima que decía : "Esta cerveza es buena para disminuir el mareo en avión y en adminículos giratorios" El conductor realizó la entrega sin darle ninguna información y se fue.

Los días pasaban y los científicos que trabajaban en lo de la Kalonita no lograban hacer inmunes a las bacterias no peligrosas, con lo que las pruebas que se hacían con animales, resultaban fatales. La salud de Gloria empeoraba. Al fin, se dieron cuenta de que, el problema, era de ingeniería genética y no de vacunas. Aislaron un millar de especies de microorganismos útiles al hombre y en su código genético les insuflaron las claves que las harían resistir el efecto de la Kalonita. Hicieron una prueba clínica en un enfermo de cáncer terminal y se salvó. la alegría fue enorme, inmediatamente trataron a Gloria y Oscar y sus amigos asistieron a su recuperación, que celebraron con una gran fiesta en Palacio, a la que invitaron a 600 personas, entre ellas, los representantes de las misiones diplomáticas. En un momento de la reunión, se brindó por los adelantos de la ciencia en Colombia y Oscar entregó al Embajador de los Estados Unidos un sobre que contenía un disquete con los pormenores del tratamiento para que, siendo su país el descubridor de la Kalonita fuera así mismo el encargado de difundirla en la comunidad mundial, como una droga segura. Tal cosa no solo sería un acto de filantropía, sino, un negocio multimillonario con el que, Oscar, trató de compensar a la gran nación del norte por el atropello que contra ella había cometido. El gobierno de los Estados Unidos de Norteamérica agradeció el obsequio pero exigió que, Colombia, fuera socio en su explotación comercial, a partes iguales.

Bueno, dijo Oscar ¿Para qué más? Ya puedo descansar.

En el 2006 terminó su segundo periodo presidencial, pocos meses después de los acontecimientos que se acaban de narrar, no aceptó, como ya lo había anunciado al congreso, repetir otra vez el desempeño de la primera magistratura del país y vigiló para que, unas elecciones limpias, le dieran el poder a quien la ciudadanía eligiera. Se presentaron tres muy buenos candidatos, uno de ellos una mujer, ella y otro de los hombres, habían sido ministros brillantísimos de Oscar y como el pueblo ahora sí parecía tener memoria, la lucha fue reñida y ganó aquel, quien fuera el Ministro de Gobierno cuando se logró la gran victoria militar.

El último acto de gobierno de Oscar fue imponer la cruz de Boyacá a los científicos que mejoraron la curabilidad de la Kalonita.

Epílogo.

El Senador amigo de Oscar se jubilaría como parlamentario y dedicaría a la docencia su tiempo disponible. Llegó a dirigir una de las universidades de formación de abogados más prestigiosas.

Oscar, invertidos sus ahorros en el fondo de experimentación para hacer viable la Kalonita, se retiraría a su modesto apartamento del noroccidente de Bogotá a vivir de su pensión de Presidente sumada a la que tenía como Mayor en retiro del Ejército. Sería una vida decorosa sin abundancias, pero, digna. Un generoso columnista que, hasta con algunos tragos entre pecho y espalda estaría, se atrevió a compararlo con Cincinato, el héroe romano quien, terminados sus cuatro consulados regresó, sin riquezas, a cultivar su campo de cebollas.

Oscar fue un señor quien vivió la vida plenamente y quien tomó las decisiones que en su momento correspondían, sin escrúpulos despreciables.

Volvió a su modesta vivienda, a sus libros y a dedicarse a Gloria o mejor dicho a verla crecer en belleza, dignidad y bondad. En eso no había mucha moral implicada, más bien, era un bello gesto.

Volvió a su modesta vivienda, a
sus libros y a dedicarse a Gloria o
mejor dicho a verla crecer en belleza,
dignidad y bondad. En eso no había
mucha moral implicada, más bien,
era un bello gesto.

Índice

Editorial LibrosEnRed

LibrosEnRed es la Editorial Digital más completa en idioma español. Desde junio de 2000 trabajamos en la edición y venta de libros digitales e impresos bajo demanda.

Nuestra misión es facilitar a todos los autores la **edición** de sus obras y ofrecer a los lectores acceso rápido y económico a libros de todo tipo.

Editamos novelas, cuentos, poesías, tesis, investigaciones, manuales, monografías y toda variedad de contenidos. Brindamos la posibilidad de **comercializar** las obras desde Internet para millones de potenciales lectores. De este modo, intentamos fortalecer la difusión de los autores que escriben en español.

Nuestro sistema de atribución de regalías permite que los autores **obtengan una ganancia 300% o 400% mayor** a la que reciben en el circuito tradicional.

Ingrese a www.librosenred.com y conozca nuestro catálogo, compuesto por cientos de títulos clásicos y de autores contemporáneos.